D級冒険者の俺、なぜか勇者パーティーに勧誘されたあげく、王女につきまとわれてる 1

白青虎猫

OVERLAP

CONTENTS

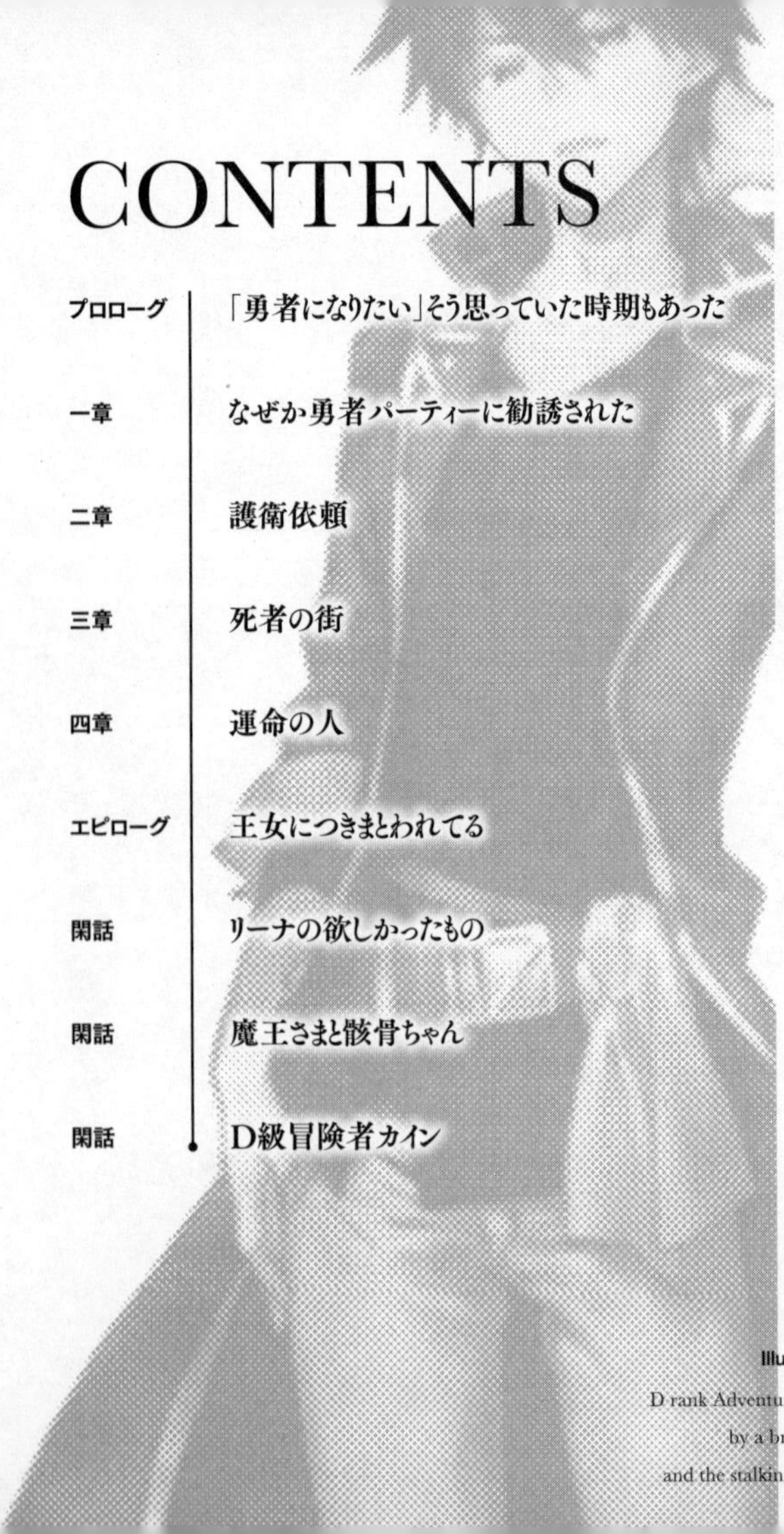

Illust. りいちゅ

D rank Adventurer invited
by a brave party,
and the stalking princess.

プロローグ　「勇者になりたい」そう思っていた時期もあった

——俺は昔、勇者になりたいと思っていた。

【勇者】——それは【聖剣】に選ばれ、世界を脅かす【魔王】を倒す使命を持った者。

彼らは光り輝く聖剣を持って魔物を屠《ほふ》り、やがて魔王を倒したあとは国の王女と結婚し、王様になって幸せに暮らす。

小さい子供の頃は、そんな英雄譚《たん》に憧れていた。

他の子供たちは「勇者になって世界を救う！」「勇者になればモテモテ！」とかのいかにも子供らしい動機で意気込んでいたが、俺の場合はそうじゃなく……。

『王様になって幸せに暮らす』

俺——ジレイ・ラーロにはここが魅力的に感じた。

というのも、俺は昔から超が付くほどのめんどくさがりで「王様になれば毎日ぐうたら過ごせるじゃん！」と思ったのだ。

王様といえば一国の主《あるじ》。

何もせずとも勝手に朝昼晩うまい食事が出てくるし、毎日やりたくもない、めんどくさい仕事をひーひー言いながらこなすこともない。

と、いうことは……好きなときに寝て好きなときに起きる、そんな怠惰で最高な生活が送れる、選ばれた存在なのではないだろうかと！

【聖剣】に勇者として選ばれる確実な条件なんてものは分かっていない。だがしかし、選ばれやすい者の傾向はある。

勇者とはその名の通り勇なる者。

強大な敵に立ち向かう勇気を持ち、人々を助けるほどの強さを持った者。

つまり――「強くて勇気があれば選ばれやすい」、ということ。

実際に、武で有名な者が勇者に選ばれ、魔王を倒して王様になった例は過去に何度もある。なら……俺でもなれる。王様になってぐうたらできる！

その日から、俺は死ぬほど努力し始めた。実際に死んで蘇生《そせい》したこともあった。あのときはガチでヤバいと思った。

幼い身体《からだ》には無謀とも言える過酷なトレーニングを積み重ね、己の限界を超えるため、明らかに格上の魔物に挑んで死闘を繰り広げ、勇者には魔法も必要だと考え、剣を振るう傍らで本も読み、必死に独学で勉強した。

魔王を倒す旅は何年、何十年かかるかも分からない。

できるだけ早く強くなって勇者になり、できれば二五歳くらいで魔王を倒して残りの余生でぐうたら王様ライフを送るため、俺はがむしゃらに努力した。

心底めんどくさい今すぐに投げ出したい気持ちを「二十年くらいの辛抱だ。残りの六十〜七十年はぐうたら過ごせる……！」と必死に抑えつつ、修行に明け暮れる日々を送り続けた。それはもう……周りの目も一切気にせず、修行のことしか考えないほどに。

そして時が経《た》ち——十数年後。

俺は強くなった。

S級冒険者が束になってようやく倒せる龍種を、〝単独〟で討伐できるほどには。

あとは、聖剣に選ばれた証《あか》しである【聖印】が身体のどこかに刻まれれば勇者になれる、という段階にまで来た。あと少しで悲願が叶《かな》う。勇者になれるのだ。

そんな、夢のために努力し続ける日々を過ごしていた——ある日のこと。

日課のトレーニングを終え、クソ不味《まず》い魔力増強薬を涙目になりながら飲みつつ、数ヶ月ぶりに定食屋で昼食を取っていたとき……こんな会話が耳に入ってきた。

「ほんと、勇者様も大変だよな。聞いた話によると毎日、ろくに休みも取らずに魔物討伐してるんだってよ。しかも、深夜に近くの村が襲われたりしたら寝る暇もないらしいぞ。いくら聖剣の加護があるっていっても、きっついよなあ」

「こうして平和に暮らせるのも、勇者様と騎士団が魔物を討伐してるからだもんな……」

「おいおい……冒険者も魔物を減らしてくれてるぜ？」

「冒険者なんて当てになんねえだろ。あいつら金を積まないと動かねえし、騒ぎ起こして騎士様にしょっぴかれてるとこ見てたらとても頼りにはできねえって」

「そりゃ違いねえ……でも本当、勇者様はすげえよなぁ。俺も昔は目指してたんだが、魔王を倒して王様になっても忙しいのは変わらんって聞いてやめちまったよ」

「バカヤロー、昼間から酒飲んでぐーたらしてる奴《やつ》が勇者になれるかっての！」

男たちはガハハと赤ら顔で笑い、楽しげに話している。

「…………嘘《うそ》、だろ」

それを聞いた俺は、頭が真っ白になっていた。

勇者は寝る暇もない……それはいい、王様になってぐうたら過ごすまでは犠牲にすると決めていたから。俺はここ十数年間、必死に寝る間も惜しんで努力してきた。それはすべて、未来のぐうたら生活のためだ。

でも――王様になっても忙しい？　何だそれは、意味が分からない。

なら、それなら……俺の今までの努力は？

魔力を上げるため、クソ不味い魔力増強薬を飲んで涙目になっていた日々は？

死にそうになりながらも、格上の魔物を倒して勇者になるために努力し続けていた生活は一体――――何だったんだ？

「………よし、決めた」

頭がショートして茫然自失《ぼうぜんじしつ》になってから数時間後。

「適当に仕事しながら、だらだら過ごそう」

俺は手に持っていた魔力増強薬を地面に叩《たた》きつけ、引きこもれる物件を探すため、魔導不動産に向けて走り出した……。

一章　なぜか勇者パーティーに勧誘された

「こんにちは！　いきなりだがわたしのパーティーに入って欲しい！」

少しくせっ毛な桃色の髪に翡翠《ひすい》のような色の透き通る瞳を持った少女は、警戒心を一切感じさせないニコニコ顔で俺の家のドアをバーンと勢いよく開け、開口一番にそう叫んだ。

「すみません、間に合ってます」

開いたドアを閉め、中断されていた朝食の準備を再開する。といっても簡単な栄養食だからあとは皿に取り出すだけだが。

「にしても、こんな街の外れにもセールスって来るんだな……」

あんまり味がしない栄養食をもそもそと食べつつ、今日は何をしようかと考える。

「魔導具のメンテナンス……はこの前やったからまだ大丈夫だし、金もまあ、なくなってから働けばいいか。今日は一日寝て過ごそう、決定！」

そう決め、ベッドに寝転がって毛布を頭から被《かぶ》り幸せを噛《か》みしめる。最高の日々！

すぐに眠気に誘われ、夢の世界に旅立ちそうになるが。

「んぁ……うるさいな」

外から聞こえてくるドンドンとやかましい音に起こされてしまい、目を開ける。

どうやら……断ったにもかかわらず、先ほどのセールスがまだ帰っていないようだ。早く帰れ。

対応するのも面倒くさいので「そのうち諦めてどっか行くだろ」と無視を決め込む。

……が、一向に諦める様子がなく、段々と叩く音が強くなってきた。うるさい。

「なんだよ、あんまりしつこいと騎士団に通報するぞ？　お？」

あまりにもしつこかったのでドアを少しだけ開け、語調を荒らげて脅す。この手の輩《やから》にはこれが効果的なのだ。

「……ちょっと急ぎすぎたかもしれない。ごめん。セールスでも宗教勧誘でもないから大丈夫だ！」

「あ、違うのか。じゃあ何の用で——っておい！　家の中に入ろうとするんじゃねえ！」

安心して気が緩んだ瞬間。少女は話の途中でドアの隙間に無理矢理身体を入れて、家の中に侵入しようとしてきた。ちょ、おま……なんだコイツ!!

必死にドアを閉めようとする。ベキベキィッと音が鳴る。

「じゃあ、まずは自己紹介から！　わたしの名前はレティノア・イノセント！　親しい人にはレティと呼ばれているぞ!!」

「ドア壊れたから弁償してくれる？」

壊れたドアに目もくれず勝手に話し始める少女。そんなことよりドア弁償しろ。

――ん？　というかレティノアって名前……どこか聞き覚えがある。何だったっけ。

「ドアはもちろん弁償する……いや、弁償よりもいい提案がある！　それは――わたしこと【攻】の勇者のパーティーに入ることだ！　住むところも用意する、かわいい女の子もついてくる！　なんてお得なんだろう!!」

思い出した。この名前――今代の勇者の一人じゃないか。

【攻】の聖印を持つ【聖剣グランベルジュ】に選ばれし勇者。それがレティノア・イノセント。

今代の勇者は豊作で、他にも【呪】【速】【運】【才】【硬】……などの十人くらいが勇者に選ばれている。普通は三人ほどなので、今代はまれに見る多さだ。

しかもこの前、俺と同じ黒髪の勇者が誕生したらしく、黒髪は珍しいから勘違いされまくっている。めちゃくちゃ迷惑極まりない。

「……」

俺は目の前の少女――レティの姿をじろじろと見る。

快活で元気溢《あふ》れる性格に、十二歳と年相応の幼い顔立ち。

少しくせっ毛な肩にかからないほどの桃色の髪。ぴょこんと力強く撥《は》ねる特徴的なアホ毛。

ドデカい剣で有名な【聖剣グランベルジュ】こそ持ってこそいないが……確かに、聞いていた【攻】の勇者の特徴と同じである。

……でも、なんでその勇者がここに？　人違いか？

「悪いが、人違いじゃないか？　俺はD級だぞ」

言いながら、首に提げたD級冒険者を示す銅色のプレートをひらひらと見せる。

勇者パーティーといえば超エリート集団。

B級からが上級と言われる冒険者に対し、D級の俺を勇者パーティーに誘うことなんてあり得ない。そもそも……自慢じゃないが、俺は必要なとき以外ほぼ毎日この小屋に引きこもっている。

外出するのは依頼を受けて金を稼ぐときと、たまに外食するとき。あとは面白いものがないか魔導具店を見るときくらいだ。本当に自慢じゃないなこれ。

そんな生活を過ごしているので人との関わりなんて皆無。

つまり、この少女は勘違いしているということ――

「？　いや、あなたで合ってるぞ！」

――だと思ったのだが、レティはこてんと首を傾《かし》げ、俺で合っていると宣《のたま》う。

どういうことだろう。俺とこの少女は初対面のはずなんだけど……。

考えてみてもまったくもって心当たりがない。何かしたっけ？

「むむ、まだ思いだしてくれないか——これでどうだ？」

レティはそう言って自身の髪を両手で摑《つか》み……かわいらしいツインテールの形にした。

……んん？　微《かす》かに見覚えがある気が……昔、修行時代にこんな感じの少女を助けたような？　いつだったっけ……。

「確か、五年前に大王熊《グレートベア》を乱獲してたときだったような……」

「覚えてくれた……！　そう！　大王熊《グレートベア》におそわれてたところを助けて貰《もら》った！」

レティはぱあぁっと満面に笑みを浮かべ、目をキラキラと輝かせる。どうやら、当たっていたらしい。

……あれ、でもちょっと待って欲しい。確かあの頃の俺って——

「あのとき、わたしはあなたに憧れて……勇者になりたいっておもったんだ！　去り際の言葉はいまでもおぼえてるぞ！　『泣くんじゃない、我慢しろ。泣くのは弱者だけだ。それでも我慢できないときは……勇者になれ。勇者になれば弱くて泣くこともない。夢だって叶《かな》う。俺も勇者になるために、悲しいときでも笑うようにしている』」

「グゥゥウ！　やめ、やめろォ！　やめてくれ……!!」

顔を上気させ誇らしげに語るレティと対照的に、俺のライフがゴリゴリと削られていく。

……最悪だ、なんてことを思い出させてくれるんだコイツ。

五年前——あのときの俺は思春期特有の病に冒されていて、無意味に説教たれたり

「くっ……右手が疼《うず》く！　駄目だ、俺から離れろ！」とやりたいがために、実際に悪魔を右手に封印していたりしたのだ。思い出したら死にたくなってきた。今すぐベッドでジタバタ動き回りたい。

「街で見かけたときは運命だとおもった！　面影があったからすぐにわかったぞ！　むかしとおんなじで目が濁ってたからな！」

レティはつるつるとした頬を紅潮させ、興奮した様子で話し続ける。

なるほど、ちょうどさっき買い出しのために街に出かけたときに見つかったと。

んで、そのまま小屋までついてきたと。ストーカーかな？

「てか、なんで俺なんだ？　別に俺じゃなくてもいいだろ」

むかし少し助けられたとはいえ……それが勇者パーティーに誘う理由にはならないはずだ。そもそも俺は大したことをした覚えがないし、助けた覚えもない。

あの頃は勇者になるため、強くなるために必死に魔物を倒しまくっていただけで、助けられたと思うのは間違いである。俺はそんな高尚な人間じゃないのだ。

「それは……あなたとパーティーを組むことが、わたしの目標だからだ」

真《ま》っ直《す》ぐにこちらを見つめ、そんなことを言うレティ。目標？　何で俺と？

よく分からず、詳しく聞こうとするが――

「それよりへんじ！　へんじは……!?」

ずずいっとこちらに顔を寄せ、待ちきれないとでも言わんばかりの期待に満ちた瞳で見上げてきて、言葉を飲み込む。

……まあいいか。何でこんなに俺を勧誘するのかよく分からないが……俺の答えは既に決まってるしな。

小さく息を吸い込み。

「入らない」

きっぱりと、断言する。

すると、レティはピシッと笑顔のまま固まり。

「きこえなかった！」

と元気よく叫んだ。いや、聞こえてただろ。

「絶対にはいら――」

「きこえない！！」

「………………」

再度はっきり言うも、バカでかい声でかき消される。

……こいつ、もしかして断らせる気ない？

「——いやだから！　俺は勇者パーティーなんて面倒なの入る気な……」

「——だめだー！　はいる!!　パーティーはいる！！！」

「——入らねえって言ってんだろいい加減にしろ！　しつこいぞコラ！！！」

その後。俺とレティは三十分くらい入る入らないで押し問答を繰り広げていた。

……なにこいつ、マジでしつこすぎる。しかもめちゃくちゃ声でかいから耳痛いんだけど。もう帰ってくれないかな？　ダメ？　お願いだから帰ってくれませんか？

さらに数時間後。

「ハァ……ハァ……わ、分かった、パーティーに入ろう」

押し問答の末、先に諦めたのは俺だった。まるで諦める気がないレティの様子に根負けしてしまった。

俺の返答にレティは顔を輝かせ、「やったー！」と飛び跳ねる。ちくしょう。

「だ、だが……少しの間だけだ。それでいいな？」

「分かった！　じゃあ五十年くらいで！」

「少しってどういう意味か分かる？」

それだけしてたら過労死するわ。

これでも俺は最大限譲歩してるつもりだ。それなのにもかかわらず、レティは「えー」と唇を尖《とが》らせてぶーぶー文句を言いまくっている。このクソガキ……！

「……じゃあ、お前の勇者としての目的を一つ達成するまで。それならいいな？」

「んー……わかった！　それで！」

元気よく承諾するレティ。

……よしよし、この条件ならそう大して拘束されることもないだろう。

一緒に魔物を倒して欲しいとかなら瞬殺すればいいし、お金が欲しいとかなら魔物を倒して稼げばいい。勇者なんてものは名称の割にけっこう俗物的な奴《やつ》が多いし、レティが勇者をやっているのも【聖印】が出ちゃったからとかでそう大した目的もないはずだ。それなら――

そう考え、極悪人の如《ごと》く顔を歪《ゆが》ませていると。

「うーんと……じゃあ――世界が平和になるまでだ！」

レティが言った。よく通る大きな声で。

「…………聞き間違いか？　なんか、世界平和とかなんとか」

まさかまさか……そんな高尚な目的であるわけがない。俺も歳《とし》で耳が遠くなってきたんだな。まだ十八だけど。いやあ、いかんいかん――

「？　いや、聞き間違いじゃないぞ！　魔王を倒して世界を平和にするまでだ！」

どうやら聞き間違いじゃないらしい。うっそぉ……。

「………で、でもそれも何かが欲しいからとかだろ？　名声とか金とかぐうたらしたいからとか！」

「む……できればお菓子は欲しいけど、なにかが欲しいからじゃないぞ！　だってあなたがいってたから！『分からない。人はなぜ多くを求めて争い、醜く奪い合ってしまうのか……俺は決して多くは望まない。欲しいのはたった一つだけ。そう、たった一つ。なぜなら俺は――〝勇者〟になる男だから』」

「ンギィィイイイ!!　ああああああ!!」

恥ずかしすぎて悶絶《もんぜつ》。やめてやめてそれ以上は死んじゃうからァァアン！

てかなんで俺の黒歴史を一言一句暗記してんだコイツ。ふざけるな忘れろ、今すぐ忘却の彼方《かなた》へ葬り去れ。何でもしますから。

「だから……魔王を倒すまでだな！　よろしく！」

一切の濁りがない純粋な瞳で、俺の手を摑んでぶんぶんと握手するレティ。マジかこいつ。

完全に計算が狂った。適当にパーティー組んでさっさと抜けようと思ってたのにできなくなったぞオイ。どうしよう、マジでどうしよう。でも魔王倒すまでとか嫌だし……。

「……よし」

少し考えて、結論が出た。もはやこれしかない。

俺はレティのほうに顔を向けて。

「………それで、俺はなんてパーティーに入ればいいんだ？　確か、勇者パーティーの場合は書類に書いて申請しなきゃ駄目だろう？」

「そうだった！　えっと……【黒髪の英雄】っていうパーティーだ！　由来はあなたが黒髪だから！」

俺の髪をビシッと指さし、元気よくそう叫ぶ。由来が俺とか聞きたくなかった。

「そうかそうか……じゃあ後で申請しとくから、また後日来てくれるか？」

「む？　今日申請するんじゃないのか？」

「色々と準備もあるからな、詳細は後日ってことで……ほら、出てった出てった」

「む……？　よくわからないけどわかった！　じゃあまた明日くるぞ！　ばいばい！」

「おう、じゃあな」

嬉《うれ》しそうにブンブンと手を振りながら去っていくレティを見送った後、俺は部屋に戻って荷造りを始める。

必要な生活用品、家具その他を魔法で収納し、魔導不動産に魔法で連絡。

そして数分後、物件を解約する手続きが終了。

そのまま外へ出て……大きく深呼吸し、胸の中に新鮮な空気を吸い込んで――


「よし、逃げるか」

俺は逃げることにした。

だって、魔王を倒して世界を平和にするまでなんて冗談じゃない。ただでさえ面倒な勇者パーティーに何年も所属だなんて考えただけで死にそうになる。

俺は毎日ぐうたらのんびりと過ごしたい人間なのだ。できることなら仕事なんて一切せずに、一日中布団にくるまって幸せを感じていたいのだ。

入ると言った手前、後ろめたさは若干ある。……でも、俺は〝後で申請しとく〟と言ったのだ。つまり今すぐ入るとは一言も言っていない。いつか入るよ、うん。たぶん、きっと、そのうち。

それに、レティもレティで強引に勧誘してきたから実質痛み分けだと思う。俺だって本当は面倒だし逃げたくないよそりゃ。

あれだけしつこかったレティも、俺の姿が見つからなければさすがに諦めてどっか行くはずだ。無理矢理勧誘しすぎたと反省もしてくれるかもしれない。たぶん。

「魔王を倒すなんて、そんな面倒くさいのやるわけがないだろ」

俺はもぬけの殻となった小屋から離れ、今夜泊まる宿について考え始める。

じっとりとした生ぬるい風が頬を撫《な》でつけ、木々を揺らして鳥がバサバサと飛び立つのを見て……なんとなく、不吉な感覚を抱いた。

「よし、これで泊まる宿は確保。あとは、しばらく引きこもるための食料だな……」

宿屋探しに小屋から飛び出して数時間後。

なんとか今夜泊まる宿屋を確保した俺は、次に食料を買い込みに行くべく人通りが無駄に多く賑《にぎ》わう商店街へと足を進めていた。

「てか、なんであんなに部屋空いてないんだよ……いつもより値段高いし……」

街道を歩きながら、先ほどの出来事に対して小声で呪詛《じゅそ》を吐く。

いつもであればこんなに宿屋の部屋が空いてないなんてことはない。少しくらいは空いているはずなのである。

それなのに……今日に限ってどこも満室。ようやく見つけた宿屋はちょうどキャンセルが入ったとかで運がよく泊まれただけ。ふざけんな。

確かにこの街、ユニウェルシア王国中心街——ヘロユスヴィールはこの大陸のど真ん中、国の流通の中心部に位置しているので観光客も多い。

……とはいえ、比例して宿屋も大量にある。こんなにどこも満室だなんて普通はあり得ない。どうなってんだ。

「人通りも多いし……もう嫌だ、早く帰りたい」

もしかして、今日は新勇者誕生のパレードでもやってるとか？……いや、それはないか。やってもこんなに集まらないし。じゃあなんで——

「——おっと」

考え事をしていると……人通りが多すぎるということもあって、向こうから走ってきた人物とぶつかってしまった。

「も、申し訳ありません！　大丈夫でしたか……？」

「いや、俺こそ悪い……不注意でよく見てなかった」

その人物——白い外套《がいとう》を羽織り、フードを深く被《かぶ》って顔を隠した美しい声色の……おそらく少女は、申し訳なさそうに何度もペコペコと頭を下げたあと、「本当にごめんなさい！」と言って急いでいるのかまた走り出していく。……フードの隙間から一瞬だけ、新雪のような真っ白な髪を覗《のぞ》かせて。

白髪……珍しい髪色だな。まあ俺の黒髪のほうが珍しいけど。

「ん？」

そんなことを思っていると、地面に何かが落ちているのに気づいた。何だあれ？

「……ペンダント？」

誰かの落とし物かと思い、拾って見てみる。中に写真を入れられる型のロケットペンダントのようだ。

「……戻ってこないな」

落とした人が気づいて戻ってくるかなと待ってみるが………数分経《た》っても戻ってくる様子がない。

「仕方ない、騎士団に届けるか……」

そのまま落ちていた場所に戻しておこうかとも考えた。

……だけど、手入れをよくしているのか汚れがなく大事にしてるっぽいペンダントだ。このままここに放置したら誰かに拾われて質屋に売り飛ばされてしまうのが関の山。そもそもこういうのは自己責任だし、いつもなら届けたりなんかしない。

しかし、だいぶ高価そうな物だし、たぶん落とした奴も困っているだろう。面倒くさいけど……ここは届けておくことにしよう。窃盗罪とかで捕まったら嫌だし、それにもしかしたらお礼に何か貰《もら》えるかもしれないし！

「にしても、マジで人多いな。早く買って帰ろう」

早足で歩き、人混みを掻《か》い潜《くぐ》って旅人御用達《ごようたし》の店に到着。

そこで当分の食料にする予定の「取り出すだけ！　簡単携帯食!!」を一ヶ月分くらい買い込む。任務完了！

その後、騎士団に拾ったペンダントを届けに行き、ついでになんで今日こんなに人が多いのか聞いてみた。

「なるほどそういうことか……」

話を聞き、なんでこんなに人通りが多いのかを理解した。

何やら……今日は一ヶ月に一度、ユニウェルシア王国のある王女が街を回る日なのだという。それならこの人の量も納得だ。

と、いうのもこの国、ユニウェルシア王国には「絵画から飛び出してきた天使」と言われても信じてしまいそうになるほどの王女――第四王女がいて、その王女のあまりの美貌ゆえに、国内にファンクラブが多数乱立されているのだ。しかも噂《うわさ》では国外にもあるらしい。大人気すぎぃ！

それはもう絶世の美少女らしく、俺は直接見たことがないのだが聞いた話によると。

『少し幼さを残した儚《はかな》く可憐《かれん》な美しい容姿』

『腰あたりまで伸ばした新雪のような真っ白な髪』

『物語の王女様を体現したかのような、心優しい美少女』

なのだとか。

だから、その王女の姿を一目見たい人間がこの日になると国内外問わず一斉に集まり、こんな感じで混む。俺は絶対にその日、街に行かないように注意していたんだが……今回は突発的に来ることが決まったらしい。迷惑すぎる。

今も、その情報を教えてくれた騎士団の男がうざいくらいに熱く語ってきてるし……大層人気なことが分かる。

……いやでも、正直めっっっちゃどうでもいい。そんなことより俺は早く帰って寝たい。ファンクラブ？　いや別に入らないけど。入れば王女様と結婚できる可能性がある？　俺にメリットないじゃんそれ。


そして少し経った後、待ちに待った第四王女がお見えになったとかで、周囲の人たちが一斉に移動し始めた。

そのお陰でファンクラブに熱く勧誘してくる騎士団の男も持ち場を離れ、俺はお陰で解放されることができ……がらんとなった街道を悠々と快適に歩き、取っていた宿屋に戻った。


「づがれだ……眠い……布団気持ちいい、最高……」

部屋に着くなりベッドに倒れ込み、飯も食べずに布団に寝転がる。至福ゥ……！

「おやすみな……スヤァ……」

疲れすぎたので今日はそのまま寝ることにして、心地のよい微睡《まどろ》みを感じながら、俺は眠りに落ちていった……。

一ヶ月後。

「金がない」

泊まっている部屋のベッドの上。一ヶ月前と比べてすっかり軽くなった財布を見ながら、そう呟《つぶや》いた。

「残り五百リエンか……やばいな……」

こんなはした金では、今晩の宿代にすらならない。せいぜい安めのパンを数個買える程度だろう。

「クソッ！　なんでこんなに金がないんだ!?」

いや、原因は分かっている。どう考えても仕事をしていないからである。

「それもこれも……全部あのアホ勇者のせいだ」

思わず、羽のように軽くなってしまった財布を地面に叩《たた》きつけたくなる。

一ヶ月前――正確には三十二日前に勇者パーティーに勧誘され、約束をすっぽかせば何とかなるだろうと宿屋に引きこもったのが間違いだった。

「なんでアイツ、まだこの街にいるんだよ！」

そう、あのアホ勇者――レティはまだこの街に滞在していたのだ。

発見したのは昨日。「そろそろ諦めただろ」と思い依頼を受けようとギルドに赴いたら、受付でやたらと騒ぐレティの姿。

すぐさま来た道を逆走して逃げたのでバレはしなかったが、去り際に「黒髪の冒険者」というワードが聞こえたのでまだ俺を捜しているのは間違いなかった。ちくしょう。

この部屋もあと数分後には強制的に叩き出されるし、所持金は子供のお小遣いレベル。さらには備蓄も尽きて一昨日《おととい》の昼から水しか飲んでいないせいで腹が交響曲を奏でている。まさに絶体絶命ってやつだろう。なんか笑えてきた。ハハッ。

いや……笑ってる場合じゃないわこれ。ほんとにどうしよう。レティがいなくなるまで引きこもるにも金がないから泊まれないし、依頼を受けようとしたら見つかる可能性があるし……。

「……仕方ない、依頼を受けに行こう」

少し考えた後、やはり金がないのはどうしようもないので依頼を受けることにした。

まあ、いない時間帯を狙っていけば大丈夫だろう。そう、きっと大丈夫。

「お！　この依頼いいじゃん！」

コソコソとレティがいないことを確認しながら移動してギルドに到着し、依頼掲示板を見ていると……ちょうどいい新規依頼が張り出されていた。

【隣国の街エタールまでの護衛依頼】
受注資格：道中の魔物、盗賊を撃退できる力を持つ者。冒険者ランク不問。
募集人数：十から十五人ほど。
待遇　：護衛分の馬車あり、食事は各自持参。
報酬　：固定報酬二十五万リエン。追加報酬あり。
依頼人：非公開。

隣国にあるエタールはここから馬車で五日ほどで到着する街だ。

固定報酬が二十五万ってことは……一日換算で五万リエン。一日あたり五千〜一万二千リエンが相場の護衛依頼としては、破格の待遇である。

こんな太っ腹な護衛依頼は大抵、貴族か大商人くらいしか出さない。もしくはAランク以上の冒険者に依頼するときくらいだ。

「依頼人が非公開なのが気になるな、でもランク不問で固定二十五万はおいしいし……隣国までの護衛依頼っていうのもいい。そのまま戻らなければレティから逃げられそうだ」

少し悩んだ後、受けることにした。

募集人数が十五人までだし……こんなおいしい依頼はみんな受けたがる。なくなる前に受注してしまうことにしよう。

すぐに依頼カウンターに移動して受注することを告げ、詳しい依頼内容を聞く。

……どうやら、明日出発するらしい。かなり早い、報酬が高額なのも早く人を集めたかったからかもしれない。金がないから早いのはめっちゃ助かる。

その後はレティに見つからないように泊まっている宿屋に戻り、五百リエンで泊まれないか交渉した後、馬小屋なら空いていたのでそこに泊まることにした。

懐いたのかやたら舐《な》めてくる馬を押しのけ、何も食べてないせいでグーグーと鳴る腹を押さえながら、辛《つら》い夜を明かした。

翌日。

「ひさしぶり！　パーティー申請できてなかったみたいだから申請書を貰ってきたぞ！　これにサインしてくれ！」

依頼の集合場所に行くと、桃色髪の少女――レティがいた。

「なんでお前がいるんだよ……！」

二章　護衛依頼

「ちょうど用事でエタールにいく依頼をうけてたんだ！　これはもう運命だな!?　パーティーはいるしかないな!?」

「運命じゃないしパーティーも入らん。そもそも俺はお前なんて知らん。赤の他人だから話しかけないでくれ」

「冗談がうまいなー！　そんなに濁った眼《め》はほかにいないぞ！　いいからパーティーはいろう！　はい申請書！」

レティはニコニコと笑いながら、びっしりと契約内容が書かれたパーティー申請用紙を俺の顔面に突き出す。無性にこの用紙をビリビリと引き裂きたい衝動に駆られた。

……最悪だ。あと少しってところでなんでこうなるんだ。

マジでこいつにパーティー勧誘されたときから運がない。あれから常に視《み》られてるような気がして落ち着かないし、依頼も受けられないから極貧生活でかなり痩せたし、三日に一回は小指ぶつけて悶絶《もんぜつ》するし……どうなってんだよ。

周りの冒険者はこっちを見ながら「あれもしかして、【攻】の勇者様か？」「銅プレート……なんでD級が勇者様に……」とかなんとか話してるし、めちゃくちゃ居心地が悪い。もう帰りたい。

レティはレティで何を勘違いしたのか「ここになまえで、ここはとくいな魔法を書くんだ！」と申請書の書き方を教えてくれる始末。知ってる知ってる。

「レティ、もしかしてその人が言ってた人？」

ひたすら赤の他人になっていると、レティの近くにいた二人（おそらくレティのパーティーメンバーだろう）の片方、炎のような赤い髪の少女が声をかけてきた。

「そう！　めちゃくちゃ強いんだ！」

「ふーん……とてもそうは見えないけどね」

煌《きら》めく赤髪を髪留めで縛って左右に垂らし、エルフの特徴である長い耳を持った少女は、こちらを値踏みするようにじろじろと視線を巡らせる。

「むむっ、たしかに目が濁ってて何の貫禄《かんろく》もオーラもないし、やる気もなさそうだけど強いんだぞ！」

「お前それバカにしてるよね？」

褒める気あんのかこいつ。

……てかそんなに目濁ってるのか？　生まれたときからこれがデフォルトなんだけど。

「強そうには、見えない」

ちょっと真面目に整形を検討していると、もう一人の透き通った水色の髪と目を持った少女が気怠《けだる》そうに顔を上げ、俺を見てそう呟いた。

外見年齢は十五〜十六歳くらいで、白いローブを着ていることから《回復魔法》専門の白魔導士だろう。フードを被《かぶ》り顔を隠しているのでよく見えないが……それでも造形が整っているのが分かる。

少女は冷めた目でぼーっとしていて何を考えているのかも分からず、これから依頼を受けるというのにやる気が感じられない。なんとなく俺と似てて親近感を覚えた。

「ところであなた、名前は？　いつもレティが話してるけど……なんて名前かは聞いてないのよね」

「!?　そういえばわたしもしらなかった……」

「なんであんたが知らないのよ……」

赤髪の少女はため息をつき、レティはなんも考えてなさそうに元気に笑う。

俺は少し迷ったが、自己紹介することにした。

「ジレイ・ラーロだ。冒険者ランクはD、特技はどこでもすぐに寝られることで、好きなことは寝ること。今回の依頼限りだがよろしく頼む」

どうせ偽名を使ってもすぐにバレるし、本名を言っておく。ギルドで調べても黒髪のD級冒険者っていう情報しか出ないしたぶん大丈夫だろ。

「わたしはレティノア・イノセント！　【攻】の勇者で、好きなものは甘いお菓子！　きらいなものは野菜全般！」

自己紹介すると、なぜかレティも自己紹介し始めた。何が楽しいのかニコニコと屈託のない顔で笑ってる。聞いてない聞いてない。

「……イヴ・ドゥルキス」

レティが自己紹介したことでそれぞれ自己紹介する流れになり、水色の髪と眼の少女――イヴが気怠そうに口を開き、淡々とした声でぼそっと呟いた。

必要最低限な情報だけを言って、ふいっとそっぽを向く。

失礼極まりない態度だが、別に不快感は抱かなかった。むしろ親近感が増した。今すぐ帰りたいって顔してるもんなこいつ。俺も今すぐ帰りたいよ。

「私はリーナ・アンテットマンよ。冒険者ランクはA。いちおう魔導士……かしら？　今はレティのパーティーメンバーとして活動してるわ」

最後に赤髪エルフ耳の少女――リーナが自己紹介する。

冒険者ランクAか。見た目は……十七歳くらいに見える。

エルフは外見から年齢が測りにくいので、実際に何歳かは分からない。

だけどそれでも、Aランクになるには才覚と絶え間ない努力がないと無理だ。かなりの逸材だと言える。

……というか、それよりも気になることがある。いや、あり得ないだろうけど——

「アンテットマンって、まさかあの【紅蓮《ぐれん》】のアンテットマンじゃないよな……？」

聞こえないように小声で呟《つぶや》くが。

「！……へぇ、知ってるんだ？」

リーナには聞こえていたらしく一瞬だけ驚いた表情になり、興味深いおもちゃを見つけた子供のような顔をこちらに向けてきた。やべっ……。

「……少しだけだ。勇者の聖印を詳しく調べてる奴《やつ》に聞いたんだよ」

「……なんだ、そういうことね」

焦りながらもなんとか平常心を保ち、ポーカーフェイスで嘘《うそ》をつく。

……危ない危ない。まさか〝本物〟だったとはな。

——【紅蓮】のアンテットマン。

その名前はおそらく、聖印を詳しく研究している奴じゃないと知らないであろう名前。

正式な名前はシャル・アンテットマン。

【紅蓮】の聖印を与えられた第五期勇者であり、十七歳という若い年齢にして当時の魔王を討伐した天才少女。

だがその勇名を知る者は少ない。なぜなら……記録に残っていないから。

残された記述書にはシャル・アンテットマンという名前は載っていなかった。かわりに載っていたのは別の勇者の名前。

別にこれは手柄を乗っ取られたとかではなく……むしろその逆。別の勇者に手柄を渡したからだ。

彼女は英雄になることはできなかった。それは彼女の家系が深く関係していた。

それは――アンテットマン家が、暗殺者一族だったから。

陰に潜み、一般人に成りすまして暮らしていたアンテットマン家が顔を公表できるわけがない。そんなことをして一人が表の世界で目立ってしまえば、芋づる式に家系も注目されてしまうからだ。

こうした理由で彼女の名前は記述書には残らず、聖印図鑑にだけ何の成果も残さなかった落ちこぼれ勇者【紅蓮】のアンテットマンとだけ名前が残った。

アンテットマンという姓は珍しいが、一般人にもたまにいたりする。それだけの記録ならどこの誰かも分からない。

……これがアンテットマン家に関する秘密。超極秘シークレットで、知っている人は限られている。知ってたら殺されるくらいヤバイ情報。

そんな情報をなんで俺が知っているのかというと……答えは簡単で、直接聞いたから。

第五期の魔王を倒したシャル・アンテットマンに、直接。

というのも、修行のために格上のモンスターに挑みまくってたときに、俺にシャルが暗殺者として送られてきたのだ。

生態系を壊す魔人が発生したので討伐して欲しいということで駆り出されたらしいが……いくらなんでも何も勧告せず、寝てるときに殺そうとするのは理不尽だと思う。

俺は殺気で目を覚まし、目の前で振り下ろされるナイフをはじき返し、齢《よわい》五百歳越えのはずなのに少女の姿をしたシャルを反射的にボコボコにした。

それはもう、容赦ないほどにボコボコにした、あのときはマジで強盗だと思ったからね。しょうがないね。

俺が止《とど》めを刺そうとしたとき……堰《せき》を切ったように突然泣き出したシャルがベラベラとすべてを白状した。

本当は勇者になりたかったけどパパとママが許してくれなかったとか。

暗殺者じゃなくてほんとはお菓子屋さんになりたかったとか。

平和に生きたいのに周りの兄弟が血の気多くて怖いとか。

他には色々と喋《しゃべ》っちゃいけない事情やら、自由になって素敵な人と結婚して過ごしたいのにとかなんとか言っていた。

目の前でギャン泣きされた俺は、さすがに哀れに思った。

当時の俺と同じくらい、見た目十五歳くらいの少女が、顔をボコボコに膨れ上がらせて涙やらよだれやら血液やらをダラダラ流しているのだ。そりゃ同情もするだろう。ボコボコにしたの俺だけど。

シャルのギャン泣きが収まった後、俺はポケットにあった飴玉《あめだま》を取り出し、包み紙を取ってから渡した。初めは宝石かなんかだと思ったようで指でつんつんといじってみたり、眺めたりしていた。

食べるように促すとシャルは恐る恐る口に入れ、初めはびっくりして、そのあとすごく幸せそうな顔になった。

どうやら今まで甘味を食べたことがないらしく、お菓子屋さんになりたかったのも物語で見たことがあって憧れていたそうだ。

シャルはリスのようにほおで飴玉をころころと転がし、初めての甘味を幸せそうに堪能していた。溶けてなくなってしまったときの絶望した顔は今でも思い出せる。

その後は暗殺に失敗して帰る所がないシャルを少しのあいだ匿《かくま》い、一緒に住んで生活するすべを教えたり、一人前になったシャルをお菓子職人の弟子にしてもらってから離れようとしたら離れたがらなかったり……まあ色々あった。

とにかく、分かったのはこの赤髪エルフ耳の少女がアンテットマン家の人間だということ。

シャルから聞いた話によると……アンテットマン家は闘争心が高く、強者との戦いを好むと聞く。そんなめんどくさい奴らに絡まれたら最悪だ。

——俺は、リーナ・アンテットマンには極力関わらないようにしようと心に決めた。関
わんなきゃ大丈夫だろ、たぶん。

レティはぽんと手を叩《たた》き、名案を思いついたかのようにこう言った。

「そうだ！　じゃあ〝ししょー〟にパーティーに入ってもらうかは多数決で決めよう！」

ちなみにこの〝ししょー〟というのは俺のことらしい。

なぜ弟子を取った覚えが微塵《みじん》もない俺がそう呼ばれているのは分からない。先ほどから止《や》めろと言ってるにもかかわらずまったく聞かないからもう放置することにした。

「私は別に構わないわ。ちょっと気になることもあるから……ね」

獲物を狙う蛇のような眼《め》をこちらに向けるリーナ。俺は気になることなんてないんで構わないでください。

「……どっちでもいい」

最後の一人、イヴはそう言い、ふいっと顔を背ける。

「どっちでもいいってことはいいってことだな！　じゃあ三対一で加入ってことで！」

「待て、勝手に決めるな。俺は多数決でいいなんて言ってないし、どっちでもいいってのは暗に入って欲しくないと言っているに決まってるだろ。ということで俺は入らない、閉

廷！」

　早口でまくし立て三人の前から逃げようとするも、リーナに首根っこをつかまれて失敗。だれか助けて。

「むむ、イヴもほんとは入ってほしいに違いない！　ほら『入ってほしいな～』って顔してる！」

「無表情じゃねえか！　めんどくさい今すぐ帰りたいって顔してるぞ！」

「減るものじゃないし入ってくれてもいいだろう！」

「俺の貴重なぐうたら時間が減るんだよ！」

　でかい声で言い合う俺とレティ。

　依頼人はまだ来てないからこの醜態を見られていないのが幸いだ。だけどさっきから他の冒険者に注目されてめちゃくちゃ居心地が悪い。

「ふふ、ししょーは強情だな！　じゃあ最終決定はイヴにしてもらおう！……うんうん、あー、やっぱりイヴもそう思うかー、そうだよなー、本当は入ってほしいかー
……………………だって!!」

「嘘つくな！　そいつ口元すら動かしてないだろうが！　こんなD級冒険者で眼が濁った奴いれたくないよな？　な？」

　俺は必死に自分の使えなさをアピールする。自分で言ってて悲しくなってきた。なんで

俺こんなことしてるんだろ。

「………どうでもいいって、言ってる!!」

周りでやかましく騒いでいたからだろうか。イヴは少しムッとした顔になり、スタスタと離れていってしまう。……怒らせてしまったようだ。しつこすぎたのかもしれない。

「気にしなくていいわよ、あの子いつもああだから」

「そ、そうか」

「このパーティーに入ったときも『あなたたちと馴《な》れ合うつもりはない、わたしは目的のために入っただけ』って言ってたから。……まあ、目的のために入ったのは私も同じだけど」

何やら二人とも、複雑な事情があるらしい。

能天気に何も考えてなさそうなのはレティだけってことだろう。今も「おなかすいてたのかな……?」とか見当はずれのことを言ってるし。やっぱりなんも考えてないなコイツ。

……いやもう、めんどくさいから早く依頼人来てくれないかな。集合時間はもうちょいだからあと少しで来るはずなんだけど——

そんなことを考えていると。

「勇者様、お久しぶりです! B級冒険者のカイン・シュトルツです! まさかこんな所で会うなんて……! まさに運命! やはり高貴な貴方《あなた》と僕は結ばれる運命なんだ!」

という男の声が聞こえた。

男――カインの外見を一言で表すと、よく手入れされたサラサラな金髪が特徴的な優男って感じだ。身なりがいいのでおそらく貴族の出だろう。冒険者はあんなキラキラ高そうな装飾が付いた装備使わないし。

にしても……とてもじゃないが、B級冒険者に値する力を持っているとは思えない。

箔《はく》が付くからと高ランク冒険者を同行させてランクだけを上げる貴族もいるらしいが、もしかしたらそれなのかもしれない。

カインは俺を押しのけてレティの前に立ち、べらべらと美辞麗句を並べ立てる。

レティの外見は年相応に幼いんだが……まあ趣味は人それぞれか。

レティも褒められてまんざらでもなさそうな顔に――なってなかった。むしろ迷惑そうな顔。しかも「だれだコイツ」って顔してる。覚えててやれよ。

「それにしても、先ほどから気になることがあるのですが……」

カインはレティから視線を外して俺のほうに顔を向け、見下した視線で言い放った。

「なんで、この場にD級のゴミがいるんです？」

その一言で、時が止まったかのように場がシンと静まり返った……。

カインは心底不思議そうな顔をしていた。

なんでこの依頼にD級冒険者がいるのかと。分不相応じゃないかと。

「別に、依頼を受けただけだが……？」

偽りなく、堂々とそう答える。何も恥じることはない。そもそもランクは不問なんだし、問題ないはずだ。

「はぁ……僕はそういう話をしているんじゃないんだ。シュトルツ家三男の僕が、ゴミにも分かりやすいように教えてあげよう。なんでC～B級相当の護衛依頼に分不相応なD級がいるんだって言っているんだよ。分かったか？」

「……確かに、エタールまでの道中はD級じゃ厳しい。……でも受けちゃダメとは書いてなかっただろ？」

隣国の街エタールへの道中はCからB級相当の魔物が出現する。二つも等級が下のD級だとお荷物だとカインは言っているのだろう。

俺の返答を聞いたカインは大きく舌打ちをして。

「どうせ貴族様に気に入られようとか、他の冒険者のおこぼれを貰《もら》おうとか思ってるんだろ？　本当、これだから……低ランクのゴミは嫌いなんだ」

顔を不快げに歪《ゆが》ませ、罵倒の言葉を連ねる。

「ほら……金が欲しいんだろう？　拾え」

カインは金色の硬貨を十枚ほど地面に投げ捨てた。その額に黙って様子を見ていた他の冒険者たちからどよめきの声が上がる。

「ッ！　この――」

「レティ、待て」

怒ろうとしてくれたのか、カインに摑《つか》みかかりそうになったレティを手で制す。

「拾ったら依頼を破棄しろ。Ｄ級冒険者じゃ何の役にも立たん。分相応に、惨めにドブさらいでもしてるんだな。ゴミ拾いがゴミにはお似合いだ」

俺にとって労せずして金も手に入り、レティから逃げられる絶好のチャンスだ。

……でも、俺は金貨を拾わなかった。

「どうしたゴミ、早く拾えよ。ああ……もっと欲しいのか？　ほら、これでいいか」

さらに十枚の金貨を地面に投げ捨て、カインは冷たい眼で俺を見下す。

……まるで、羽虫を見るかのように。

「はぁ、本当に低ランク冒険者はゴミしかいない。ギルドも使えないゴミはすぐ処分すればいいのになぜしないんだ……やっぱり僕が成り代わって制度を変えるしかないか……」

ギルドの現状を憂い、カインはやれやれと肩をすくめる。

「確かに、金が欲しいのは間違ってないな」

「……し、ししょう？」

瞳を揺らし、レティは縋《すが》りつくような眼でこちらを見る。思っていた答えと違ったという顔だった。

……悪いが、俺はレティが思うほど綺麗《きれい》な人間じゃない。

金は欲しいし、自堕落に過ごしたい。ただの怠惰な人間だ。

「俺は英雄や勇者とは程遠い人間だ。ただの怠け者さ。お前の言ってることもそう間違っちゃいない」

「何を当たり前のことを言って――」

「確かに俺は、ゴミみたいな人間だ。でも――」

俺がどうしようもない、怠け者のクズ人間だってことはとっくの昔に自覚済み。そんなことは言われないでも分かってる。だからいくら言われても構わない。

だけど――

俺はカインのほうを見据えて。

「低ランク冒険者は――あいつらは、決してゴミなんかじゃねえだろうが」

真《ま》っ直《す》ぐに、そう言葉を吐き出した。

俺のことを悪く言うのはいい。

でも……他の低ランク冒険者も悪く言われるのは我慢ができなかった。

俺は低ランクでもすごい人がたくさんいることを知っている。

誰よりも薬草に詳しい人。

魔物の生態に人一倍詳しく、解体が上手《うま》い人。

街のために、誰もやりたがらない汚れ仕事を率先して受けている人や。

得た稼ぎのほとんどを潰れかけの孤児院に寄付している人などの……たくさんのすごい人たちを見てきた。それは決して、簡単には真似《まね》できないことだ。

確かに低ランクは全体的に質が低く、態度も悪い人が多いから街の人たちからは敬遠されがちだ。だけどそれは……低ランクに限らず、高ランク冒険者にも言えることじゃないか？

低ランクにだって真面目に頑張って努力してる奴《やつ》がいる。

自分の仕事に誇りを持って、街のために頑張っている奴だっている。

「……ゴミが何を言ってもゴミなのは変わらないんだよ。さっさと拾って失《う》せろ」

カインは一瞬だけ怯《ひる》んだように身体《からだ》を引くが、すぐに持ち直して冷たく一蹴した。

「…………分かった。実は財布の中が空っぽでね」

そう言って膝を曲げ、散らばった金貨を拾い始めると、カインはニヤリと嗜虐《しぎゃく》的な笑みを浮かべる。

ちらりとレティを見ると……心配そうにこちらを見ていた。

口を開けたり閉じたりして何か言いたそうにしているが、言葉が出ないようだ。

……まあ、見てろって。

「いち、にい……すごいな、二十枚もある。ありがたく貰っておくよ」

「ああ、ゴミ同士でよく分け合うといい」

カインはニヤニヤと、見下した眼《め》で愉悦に笑う。

「拾ったならさっさと失せ――」

言い切られるより前。拾ったばかりの金貨を地面にぶちまける。

「……いや、やっぱり俺よりもお前のほうが必要だわ。しょうがないからやるよ」

「……何を言っている？　僕はあのシュトルツ家の三男だぞ。そんなはした金いるわけがないだろう」

不思議そうな、理解できないといった表情。……これじゃ分かんないか？

「いやいや、お前にこの金は必要だよ、だってさ――」

俺は一呼吸置いて。

「家督を継げない微妙な立場の三男には必要だもんな？　この金で茶菓子でも買って依頼主に媚《こび》売ったらどうだ？　親の金でＢ級になれた――高ランク冒険者サマ？」

顔をにたりと歪ませ、罵倒の言葉を吐き出した。カインがポカンと間抜けに口を開ける。

数秒後。

カインは顔を真っ赤にし、装備していた華美な剣を鞘《さや》から抜いて奇声を上げ、突撃してきた。まあ……そうなるよな。

俺はため息をつき、腰に提げていた剣に手をかける。

カインの剣が俺の頭上に振り下ろされる瞬間――


『静まりなさい！』

透き通るような、美しい声色をした少女の声が響いた。


――その声には、魔力が宿っていた。

『口を塞ぎ、剣を下ろしなさい』

少女が〝命令〟すると同時、強制的にカインの口が真一文字に結ばれ、振り上げていた剣が下ろされる。

《言霊魔法》

それは言葉に魔力を乗せ、対象を強制的に操作する魔法。

魔力があれば行使することはできる《五大元素系魔法》とは違い《言霊魔法》は才能がないと習得できない《特殊魔法》に分類される。

《言霊魔法》を使える術者は数少ない。カインも自分が何をされたのか分かっていないようで、意に反して動く身体に混乱していた。

俺の身体は拘束されていなかったので、少女の姿を改めて見る。

よく手入れされ、肩まで伸ばされた艶やかな黒髪。着ている服装は高級な生地を使っていると一目で分かるものだった。

俺と同じ黒髪、だがその姿形は——幻。

「《変幻の指輪》、か」

聞こえないようにぼそりと呟《つぶや》く。

少女が左手の人差し指に着けている指輪——《変幻の指輪》は装着者の顔、体形、はたまた服装までも変化することができる魔導具だ。とても貴重で珍しい魔導具で、所有者は数えるほどだろう。マーケットに出したら億は軽く超える。

一見、普通のシンプルな指輪なので貴重なものだと分からない。しかし、今まで魔導具を数多く見てきた俺には分かる。

実は俺も前に持っていた……のだが、誰かにあげてしまったのだ。そんな貴重な指輪をなぜ手放したのかというと、物の価値が分からなかったからである。

……ほんと、なんであげちゃったんだろ。誰にあげたか覚えてないし、カッコつけのためにあげるんじゃなかったわマジで。

「弁明の機会を与えましょう。『口を開くことを許可します』」

黒髪少女はカインを鋭い目で見据えながら喋《しゃべ》ることを許可する。

「は、早くこの拘束を解け！　僕が誰だか分かっているのか!?　僕はあのシュトルツ家の三男で……」

カインはやっと開いた口で、自分の家がいかに偉いかをまくし立てようとする……が。

「私はエタールまでの護衛依頼をお願いした依頼主です。シュトルツ家から一人、腕利きの冒険者を送ると言われていたのですが……聞き間違いだったみたいですね」

「なッ……」

冷ややかな声で言った黒髪少女の言葉に顔面蒼白《そうはく》になり、言葉を失ったように口をわなわなとさせた。

「本当であれば依頼契約を解除したいです。しかし一応、シュトルツ家の面目を考えて同行を許します。ですが次に同じことをしたときは……しかるべきところに〝報告〟させてもらいます」

黒髪少女は言外に「次やったら許さねえぞ」と告げる。カインは顔面蒼白のまま、力なく頷《うなず》くことしかできない様子だ。

「あなたはこれくらいで。次は……あなた」

「え、俺？　俺も？」

一件落着だなと思っていると、矛先がこっちに来た。え、俺も怒られるの？

「当たり前です。先に剣を抜いた向こうが悪いとはいえ、煽《あお》るようなことを言って無駄に怒らせたでしょう？　なんで自分は言われないと思ったのですか？」

「すみませんでした……」

　黒髪少女は腕を組んで俺に説教する。なんとなく母親に叱られているような気分になった。ママァ……。

　数十分ほど叱られ、新たな世界が開きそうな境地に達しかけていると。

「……ということで、あなたには言いたいことがまだ山ほどあります。なので、私の乗る馬車に同車して頂きます」

「マジですか」

　美少女からのお説教タイム延長入りまーす！……俺にそういう趣味はないんだけど、免除にして貰《もら》えません？

　しかし交渉むなしく、他の冒険者たちの憐《あわ》れむような視線を感じながら、少女の馬車に連行されていくのだった……。

「事情があって真名は明かせないんですが……それだと不便ですので、〝フィナ〟と呼んでください」

「……これはこれはご丁寧に、ジレイ・ラーロです」

黒髪少女——フィナに連行された後、華美な馬車に乗り込み、なぜか俺たちは対面に座って自己紹介をしていた。なにこれ。

「まずは謝罪を。強引に連れてきてしまってごめんなさい。……本当はあなたに聞きたいことがあったんです」

お説教タイム延長だと思っていたがそうではないらしい。やったぜ。

「俺に聞きたいこと、ですか」

「ふふ、畏《かしこ》まらなくて大丈夫ですよ。お願いしているのは私ですから」

慣れない敬語で喋ると、フィナは慈しむように優しく微笑《ほほえ》んでそう言ってくれる。敬語苦手だから正直めっちゃ助かる。

「じゃあそうさせて貰う。それで、俺に聞きたいことって何なんだ？」

「あなたの……出身を教えて貰えませんか？」

「出身？　アロー村だけど……」

俺の出身なんて聞いてどうするんだろう。ただの田舎村なんだが。

「……その村には他に黒髪で、仮面をつけた方がいませんでしたか？」

フィナは真剣な顔で聞いてきた。黒髪で仮面をつけた奴《やつ》？　そんな変な奴がいたらすぐ分かるだろう。まったく覚えにない。

「いや……村に黒髪は俺だけだし、仮面をつけた奇特な奴もいなかったな」

そう言うとフィナは「そうですか……」と少しだけ俯《うつむ》く。

実際、黒髪はほとんどいない。さらに俺は黒髪黒目なのでかなり珍しかったりする。なんでも先祖が黒髪黒目だったとかなんとか。先祖返りってやつだろう。

「……そういえばこの前、エタールで聖印が現れて勇者になった奴がいるって聞いたな。『黒髪の勇者が現れた！』って騒いでたわ」

その〝黒髪勇者〟のせいで街を歩いてたら勘違いされて話しかけられ、違うと言ったら勝手に失望される毎日。あまりにも理不尽すぎる。一回会ったら文句の一つでも言わないと気が済まない。

「そう、そうなんです！　やっと……やっと現れたんです！」

俺が〝黒髪勇者〟に怒りを募らせていると、フィナは興奮した様子で立ち上がり、言った。

「今度こそあの人のはず！　やっと、やっと会える……！　私の――〝運命の人〟に！」

「運命の人か……じゃあこの依頼も、その〝黒髪勇者〟に会いに行くためってことか？依頼人が非公開だったのは……それなりの立場の人間か」

「……立場上、素性が知られるわけにはいかなかったので依頼人は非公開にしました。申し訳ありません」

目を伏せ、申し訳なさそうに頭を下げるフィナ。

「別に謝られることじゃない……〝あいつ〟がいれば俺たちの安全は保障されてるしな」

「――ッ！……気づいていたんですか」

馬車の御者を指さしてそう言うとフィナは目を見開き、顔をこわばらせる。

ちらりと馬車の御者を見る。すらりとした長身の女性だ。シンプルな直剣を腰に提げ、顔の上半分を仮面で隠している。

「……かなりの実力者だな。あいつがいれば俺たち冒険者の護衛なんていらないだろう？だけど、あいつには極力戦わせたくない……護衛の剣筋を見られたら流派が特定されて、芋づる式に主人もバレるからか？　だからいざというとき以外は冒険者に護衛して貰うことにした。違うか？」

フィナは一瞬だけ目を鋭くさせ、すぐに観念したようにため息をついた。

「D級冒険者と聞いていましたが……当てにならないものですね」

「いやいや、人を測るのが得意なだけだ。俺はただのD級冒険者だよ」

あの御者の実力は――少なくとも、Aランク冒険者相当ではあるだろう。もしかしたらSランクもあり得る。

「その通り、彼女は私の護衛です。あなた方を信じていないわけではないですけど……申し訳ありませんでした」

　フィナは沈痛な顔になり、頭を下げる。

「別にいいよ。それより、さっき言ってた〝運命の人〟について聞かせてくれないか？　俺と同じ黒髪の奴は少ないから少し興味がある」

　空気を変えるため、別の話題を投下する。実際はあまり興味はないが。

　だが、このままだと聞きたいことが終わったフィナは俺をこの馬車から追い出すだろう。冒険者たちが箱詰めにされた息苦しい所に行くのは嫌だ。俺はできるだけ長くこの快適な空間にいたい。

「聞きたいですか！……しょうがないですね、大切な思い出なのであまり人に話したくないのですが、黒髪のあなたには特別に話してあげましょう！」

「ちょっ……近い、近いから！」

　フィナは一転して顔を耀《かがや》かせ、こちらに身を乗り出してきた。鼻息が荒いし近い。さっきまでの儚《はかな》い少女のイメージがどっかにいった。もどして。

「そう、あれは私が六歳のときでした――」

　柔らかく微笑み、フィナは思い出を懐かしむように語り始めた――

「――それで、あの人は本当にかっこいいんです！　仮面をつけていたので素顔は分からないんですけど……本当、清廉潔白でクールで優しくて、絵本に出てくる王子様みたいな人なんですよ！　この指輪も彼に貰ったもので……」

「あー。なるほどうん、なるほどなるほど」

三時間後。俺は延々とのろけを語り続けるフィナに辟易《へきえき》していた。

最初のほうはなんとか興味を持っている体で聞くことができたが、一時間を越えたあたりから項垂《うなだ》れて、二時間を越えたときには横になってなるほどなるほどと繰り返す機械になっていた。長すぎい！

しかもさっきから「じゃ、じゃあ俺もうあっちの馬車に行くから……」と逃げようとするも「ここからがいいところですから！」と引き留められて逃げられない。いま休憩時間なのに……他の冒険者たちはのんびりしてるのに……。

「だから……これから会う〝黒髪勇者〟さんには期待しているんです。あの人も――『勇者になる』と言っていましたから」

ここまでフィナの話を簡潔にまとめると、昔に仮面をつけた黒髪の少年に助けられ、その人と将来結婚する約束をしたらしい。

んで、勇者になると言っていた少年を見つけるために捜し回っているのだとか。

他にもいろいろ言っていたけど覚えてない。たぶんこんな感じだと思う。てか、仮面をつけてたんだから分からなくね？

「でも、そいつが本人だって分かるのか？　素顔は分からないんだろ？」

「だ、大丈夫です。〝目印〟の傷跡がありますから」

フィナは頬を赤くさせ、恥ずかしそうに俯いて小さな声で呟《つぶや》く。「目印？　何処《どこ》にあるんだ？」と聞くも「そ、そんなの恥ずかしくて言えません！」と教えてくれない。

……そういえば、俺の身体《からだ》も傷跡だらけだな。服に隠れて見えないからまだマシだけど。

「――フィナ様、今日はここらへんで夜営にしたいと思います。夕食は如何《いかが》なさいますか？」

修行時代を懐かしんでいると、御者の女性が入ってきてそう告げた。

「え、もうそんな時間ですか!?　興奮して喋《しゃべ》りすぎてしまいました……」

「助かった……！　じゃあ俺はあっちに行くから――」

「待ってください！　話を聞いてくれたお礼に一緒に夕食でもどうでしょう？　まだ話し足りないですし……」

「い、いや遠慮しとくよ。申し訳ないしな」

正直、これ以上のろけられたくないのが本音だ。もう解放されたい。

フィナは少し悲しそうな顔になり、

「そうですか……夕食は高級食材を使って豪華にしようと思ったのですが……」

と言った。

「……高級食材？」

「はい、〝走鎧鳥《そうがいちょう》〟のお肉をメインに作って貰おうと思っていましたけど……残念です」

走鎧鳥は獰猛《どうもう》さと強さ故にAランク魔獣に分類される魔物だ。噛《か》めば噛むほど染み出てくる肉汁、口に入れたら溶けるほど柔らかい肉として有名で、高級食材として市場で扱われている。

だが、俺が高級食材につられることなどあり得ない。走鎧鳥の肉は前に食べたことがあるし、めちゃくちゃ美味《おい》しくてまた食べたいけど、俺はそんな餌で屈したりはしない！

「……〝竜卵〟のスープもありますけど、そういうことなら仕方がないです。またの機会ということで――」

「ご相伴《しょうばん》にあずかろう」

俺は夕食をご馳走《ちそう》して貰うことにした。

しかし断じて〝竜卵〟のスープが珍味でめっちゃ旨《うま》いと聞いていたから食べてみたいと思ったわけではない。ただ俺は、もう少しなら話を聞いてもいいかなと思っただけだ。うん、ただそれだけである。いやほんと。

「おおおお……すげぇ……」

俺は、目の前に並ぶ豪華な料理の数々に思わず感嘆の声を上げた。

「どうでしょう？　気に入って貰えたらいいのですが……」

フィナはこちらを窺《うかが》うように見る。いやこれ、すごいってレベルじゃないんだけど……。

走鎧鳥の肉をメインに使い、竜卵をふんだんに使ったコクのありそうなスープ。これだけでも満足なのに、ふかふかの美味しそうな出来立てパンとデザート、サラダなどのサイドメニューも付いていた。これで文句を言う奴がいたら俺は平手で殴り飛ばしているだろう。それほどまでにすごかった。

「てか、なんでこんな豪華な料理が出せるんだ？　ここ森の中だよな？」

疑問に思ったことを聞くと「専属の料理人を連れてきてますので……」と言われた。金持ちってすごいね！

どこから材料を持ってきたんだとか他にも聞きたいことはあったが、今は目の前の食事に集中しようと思い、無駄に装飾された華美な食器を手に取る。

まずはパンから口に運ぶ。……うまっ！　ふかふかで出来立てで……とにかくうまい！

（語彙力皆無）

バクバク食っていると「普通に食べても美味しいですが、竜卵のスープに浸《つ》けて食べたらもっと美味しいですよ」とフィナが言ってきたので、その通りにしてみる。

「う……旨すぎる……!!」

あまりの美味しさに一瞬意識がどこかに行っていた。芳醇《ほうじゅん》な香りを立てる濃厚なスープとふわふわの高級パンが絶妙に混ざり合い、俺の口の中は大変なことになっていた。

「ふふ……お口に合ったみたいでよかったです」

フィナは頬いっぱいに詰め込んで下品に食べる俺に何の注意もせず、にっこりと微笑《ほほえ》む。

天使かな？

「……おい、いくら何でも作法がなってなさすぎる。何だその持ち方は。食器を逆手に持つんじゃない」

さすがに見かねたのか、ほとんど喋らなかったフィナの護衛の仮面女が注意してくる。

しかし、食事に集中しているのでそんなことは気にしていられない。

ちらっと一瞬だけ顔を向け、すぐにバクバクと食事を再開する。仮面女の頬がヒクッと引きつり、濃厚な殺意の波動を背中に浴びせてきたが些細《ささい》な問題だ。

「あー！　しょうずるい！　わたしもー！　わたしもたべたい!!」

走鎧鳥のジューシーな肉を口いっぱいに頬張っていると、夕食のために狩りに出ていた冒険者がぞろぞろと戻ってきた。

レティはクソでかい魔獣を引きずっていた。なんで魔獣狩ってきてんだコイツ。しかもそれ食べられない魔獣だし。分かってるのかな？

レティは引きずっていた魔獣を放り投げてパタパタとこちらに駆け寄り、よだれをダラダラ垂らしながら豪勢な食事を物欲しそうに見てくる。

俺はそんなレティの目の前でゆっくりと味わうように食べ、「うまっ！　あー、こんなおいしいご飯が食べられないなんてかわいそうだなぁー！　俺の分しか用意されてないもんなぁー!!」と言った。それはもう声を張り上げて叫んだ。周りの冒険者たちから濃厚な殺意を感じた。

それでも諦めず、無理やり食べようとしてくるレティだったが、頭を摑《つか》んでぐぐと押さえ続けていたら諦めて狩ってきた魔獣を調理しに行った。いやそれ食べられないからな。

「ふぅ……食った食った」

夕食をペロリと平らげ、満足げにお腹《なか》をぽんぽんと叩《たた》く。

いやー旨かった……こんな旨い料理を食ったのは久しぶりだ。二年前くらいに食べたシャルの料理に匹敵するねこれは。初めは塩と砂糖を間違えてたシャルも気づけば一丁前に料理できるようになったんだからすごいもんだ。俺なんも教えてないのにな。『愛の力！』とか言ってたけど、独学であそこまで上達したんだから大したもんだわ。

「そういえば、貰《もら》ってた菓子があったな……」

昔のことを思い出してたら、お菓子屋さんとして店を持つまでになったシャルにお菓子を貰ってたのを思い出した。夕食をご馳走して貰ったんだし、食後のおやつとしてお返ししよう。いっぱいあるし。

俺は《次元魔法》の《異空間収納《アイテムボックス》》の中に入れていたお菓子を取り出し、「これ、お返し」とフィナに手渡す。

フィナはぽかんと口を開け、驚いているようだ。そりゃそうか、なんたってあの有名高級菓子店【シャルテット】のお菓子なんだから。ふふん、俺が作ったわけじゃないけど鼻が高いぞ。

「ど……ど……」

フィナはパクパクと声が出ない様子。そのあと落ち着けるように少し深呼吸し。

「どうしてッ！　次元魔法が使えるんですかッッ!?」

と言った。

「どうしてって言われても……ただ覚えただけだけど」

次元魔法は確かに習得が難しい魔法だ。でも《異空間収納《アイテムボックス》》は魔力さえあれば、売っている《魔術巻物《スクロール》》を使って誰でも習得することができる。そこまで驚く魔法でもないだろう。

「……もしかして、どこかのギルドに所属している荷運人《ポーター》だったんですか？　それなら冒険者ランクが低いのも納得できます」

「いや、違うけど」

そう答えると、フィナは考え込むように俯き「だとすると……まさか、何も考えずに習得したとか？　異常な観察眼を持っているのに？　そんなはずは……」とか呟いていた。

「別に、そんな驚くことじゃないと思うが……？」

　不思議そうにそう聞くと、

「《異空間収納《アイテムボックス》》は習得こそ簡単だが、使用に膨大な魔力を消費する。それだけで魔力欠乏症になってしまうほどにな。覚えているだけで常に魔力を消費するし、普通の冒険者であれば絶対に習得しない。だから専属の荷運人《ポーター》か魔力量がかなり多い魔導士くらいしか習得していないんだが……まさか、知らなかったのか？」

　護衛の仮面女が呆《あき》れた様子で教えてくれた。いや初耳なんだが。そんなこと露店のオッサンは言ってなかったぞ。なぜか大幅安になっていて売るときにオッサンの笑顔が引きつっていたけどまさかね……。

　視線を向けると、フィナは気まずそうにふいっと目を逸《そ》らす。話を聞いていた冒険者たちのほうを振り向くも、気の毒そうに目を逸らされる。レティだけはよく分かってなくて「ししょうすごい！」ってキラキラした眼《め》で見ていた。

「ま、まあ他の魔法が使えなくても、《異空間収納《アイテムボックス》》を使えるなら容量次第で重宝されますし……強く生きてください」

　周囲から、かわいそうなものでも見るような視線を向けられる。いや、他の魔法も普通に使えるんだけど。

「別に他の魔法も使え……」

「そ、それよりこのお菓子、あの【シャルテット】の高級お菓子じゃないですか！　発売後すぐに品切れするほど人気なのに、よく手に入れられましたね！」

露骨に話題を変えるフィナ。……まあ、いいか。

「あー、実は知り合いが勤めててな。定期的に送られてくるんだよ。あんまり甘いの好きじゃないからもういらないって言ったんだけどな」

「なるほど……羨ましいです。王族――じゃなくて、有名な貴族でもなかなか手に入らないんですよ。ほんと、いいなぁ……」

フィナはうさぎをかたどった飴《あめ》細工のお菓子をうっとりと眺め、嘆息する。

「そんなに欲しいなら、他にもいっぱいあるぞ？　夕食もご馳走になったし、やるよ。感想も聞かせて欲しいし」

そのままだと眺めるまま一向に食べそうになかったので、他にも《異空間収納《アイテムボックス》》から取り出して手渡す。フィナは目をキラキラとさせ、「あ、ありがとうございます！　大事にします！」と喜んでくれた。いや食べてね？

「……………じー」

夕食のお返しもしたしこれで貸し借りなしだなと満足していると、周りから物欲しそうな視線。

振り返ってみると……一心にお菓子だけを見つめて物欲しそうにしているレティの姿。勇者パーティーの二人もチラチラと見ていて気になっているようだ。

俺は新しいお菓子を取り出し。

「……いるか？」

と差し出す。

「！　いる！　ほしい!!」

レティはぱぁぁっと花が咲くような満面の笑顔になり、お菓子に飛びついた。

勇者パーティーの二人も「しょ、しょうがないから貰ってあげる」「……ありがと」と喜んでくれた様子。

せっかくだしと他の冒険者にも配ると、なんかめちゃくちゃ感謝された。「こんな旨いお菓子食べたことないぞ！」「口の中に入れた瞬間溶けて消える……これが『本物』か……！」とかなんとか言っていた。

「あ、お前もいる？」

みんなが高級お菓子に舌鼓を打つ中、一人だけ——カインだけ食べていなかったので、目の前まで行って渡す。しかし——

「……うるさい」

俯《うつむ》いたままでこちらを見ようともしない。

……おそらく、さっき喧嘩《けんか》したからふてくされてるのだろう。フィナが灸《きゅう》をすえてくれたし、俺としては水に流したいんだが……。

「いらなかったら捨ててもいいからさ、ここ置いとくわ」

俺はカインの傍《そば》にお菓子を置き、「食べたら感想よろしく」とだけ言って立ち去る。

月に何回か送られてくるお菓子を減らすことができて俺もハッピー、みんなも嬉《うれ》しくてハッピーで最高の結果になった。シャルからの手紙に「感想教えてね！」と書かれてたから、これでみんなに感想を聞けば任務完了である。

あれ、でもそういえば「感想は口頭で教えて！　遊びに来て！」と書いてあったような……まあめんどくさいから手紙でいいか。たぶん大丈夫でしょ。

その日の夜、皆が寝静まった時間帯。

「──きろ……──んだぞ。おい──」

「んぁ……なんだよ」

人一人分が入れるほどの小さなテントの中で気持ちよく寝ていると、誰かに身体《からだ》をゆさゆさと揺らされて眼が覚めた。

「やっと起きたか……交替の時間だぞ」

「あー……そういえば今日は俺の日だっけ……？」

寝起きでぼーっとする頭を回転させ、魔物襲撃を警戒するために行うことになった夜番のことを思い出す。そういや今日の夜番は俺も入ってたんだった。完全に忘れてた。

重い身体を動かしてテントから出ようとすると。

「一つ言っておく。あれは――〝天使〟かもしれん」

「……はぁ？」

起こしに来た冒険者、顔にでかいキズ痕が特徴的なゴリラのような大男――ウェッドが唐突にそんなことを呟《つぶや》いた。

「危なかった。俺は妻がいるから大丈夫だったが……気をつけろよ」

俺は急に変なことを言い出したゴリラに「何言ってんだこのゴリラ」と思いながらテントから這《は》い出る。……ちなみに、ウェッドはこんな厳《いか》つい顔をしておいて美人な嫁さんがいるらしい。なんでも幼馴染《おさなな》《じ》みで幼い頃に結婚の約束もしていたとか。爆発しろ。

あーでも最高にめんどくさい。今日が夜番だって忘れてたから尚更《なおさら》めんどい。もう結界魔法でもかけて寝ようかな……そうすれば魔物も襲ってこないだろうし。

……よしそうしよう、今日の夜番は俺が最後で交替もないし大丈夫だろ。

そう決定し、寝ていたテント――ではなく、夜番の場所へ移動する。

念のため、夜番用に設置されている《灯》の魔導具の近くで寝て、誰か来ても起きられるようにするためだ。サボってるって思われたら嫌だし。

「……ん？」

《灯》の魔導具特有の優しげな淡い光を目印に移動すると……何やら、人影が。

……おかしいな、この時間からの夜番は俺のはずなんだけど。

疑問に思いながらそのまま向かうと。

「あっ……こんばんは、です」

その人物――フィナは座っていた小さな折りたたみの椅子から立ち上がって佇《たたず》まいを正し、柔らかににこりと微笑《ほほえ》んだ。

「……えっと、なんでここにいるんだ？」

「む、私がいたら駄目ですか？」

「いや駄目っていうか、意味が分からないというか……」

頬を膨らませて少し怒ったような顔のフィナに、状況が理解できずにしどろもどろな返答をしてしまう。なんで依頼人のフィナがこんな時間に？　依頼人が夜番をするなんて考えられないし……どういうことだろう、俺なんかしたっけ？

「ふふ……ごめんなさい。少し意地悪でしたね」

必死に思い出そうとする俺の様子を見てフィナは優しげな声で「何かあったわけじゃないので大丈夫ですよ」と言ってくれる。よかった。

「ただ、せっかくなので夜番というものをやってみたいなと思ったんです。あんまり外に出る機会がないので、貴重な体験かなと……よければ、やらせて頂いてもよろしいですか？」

「あー、そういうことか……」

それを聞いて納得した。俗に言う貴族の酔狂ってやつだ。調子に乗った貴族の子息が魔物を倒してみたいと言い、ヒヤヒヤさせられるのは護衛依頼ではよくあったりする。

「うーん、でも魔物が出たら危ないし……」

「大丈夫です！　私、こう見えてけっこう強いんですよ？」

なんとか考え直して貰《もら》えないかそう言うも、フィナはふふんと言いたげなドヤ顔で腕まくりし、かわいらしく力こぶを作る。まったく強そうじゃないけど。

「……まあ、別にいいか」

「結界魔法かけて寝るから嫌だ」とも言えずしぶしぶ承諾。依頼人の酔狂に付き合うのも冒険者の務め。立場の低い俺にはどうすることもできないのだ（血涙）。

「ん、でも……そもそもあの護衛がそんなの許さないんじゃないか？」

フィナの護衛としていつも傍に控えている仮面をつけた長身の女性を思い出し、問いかける。貴族の令嬢が夜番なんて普通許さないだろうし、どうやって許可を得たのだろうか。

「…………り、理解のある護衛ですので」

「……」

視線をふいっと明後日《あさって》の方向に向けるフィナ。勝手に抜け出して来てますよこの人。

「んんっ……そ、それより今夜の夜番は任せて頂いて大丈夫です。お疲れでしょうし、お休みになってください」

誤魔化すように咳払《せきばら》いした後に微笑み、慈愛に満ちた顔でそう言ってくれる。

「いや……でも、さすがに任せるのはちょっと……」

気遣ってくれるのは嬉しいけど、さすがに依頼人に一人で任せるのはな……。

「それに、今日は近くに魔物も少ないですし……C級以上の魔物はいないみたいですから、本当に大丈夫ですよ」

「お、おお。でも心配だし、俺もやるよ。ありがとな」

フィナは「そうですか……じゃあ、お願いいたしますね？」とぺこりと礼儀正しく頭を下げてくれた。俺みたいなD級冒険者にも分け隔てなく接してくれるとかやばい。貴族は横柄な奴《やつ》が多いのに……天使かよ。

……あれ、でもどうやって魔物が少ないって分かったんだろう。《探知魔法》でも使えるのだろうか。あまり人気のない地味な魔法なのに覚えてるなんて珍しい。

俺も念のため、《探知魔法》を使って周囲一帯に魔力を飛ばす。……確かに、近くにC級以上の魔物はいないようだ。そもそもここまでの道中でも魔物自体あまり見かけなかったし。俺としては楽でいいんだけど。

近くにC級以上の魔物はいない。だが――

俺は近くにあった石を拾い、草陰に投げる。

すると、ガサガサッと音がして。

『きゅ』

ふさふさとした、こぶし数個分ほどの大きさの物体――魔物が飛び出してきた。お、こいつは――

「垂丸兎《たれまるうさぎ》か……確かこうして捕まえれば……」

俺はその飛び出してきた、ぴょこんと横に垂れた耳が特徴的な魔物――垂丸兎に近づいて、その丸々と太った身体と首を片手ずつで摑《つか》み、持ち上げる。

持ち方が合っていたのか垂丸兎は特に暴れることなく、時折ぴょこぴょこと垂れ耳を動かす。かわいい。

いやー運がいい。垂丸兎はD級の魔物だが、いつも巣穴に隠れていて出没率が低いせいで珍しく、肉や素材が市場で割と高く売れるのだ。思わぬ臨時収入である。ラッキー。

そんなことを考えていると。

「か、かわいい……」

フィナがこちら――正確には垂丸兎のほうを凝視していることに気づいた。

「垂丸兎だけど……見たことないのか？」

「は、はい。王じょ――家からあまり外に出る機会がなくて……」

俺が持ち上げている垂丸兎を見て頬を緩ませるフィナ。

そういえば……垂丸兎《たれまるうさぎ》は食用としても人気だが、その愛らしい丸々と太った姿と、馴れれば人懐っこくなる性格から、ペットとしても人気なんだった。特に女性に人気だとか。

……まあ生け捕りで持ち帰るのも面倒くさいし、今回はちゃちゃっと肉にして《異空間収納《アイテムボックス》》にしまってしまおう。

「じゃあいま処理しちゃうな。あっち向いてたほうが――」

「えっ……？」

言いながら、ナイフを取り出す。フィナが絶望した顔で見てくる。

「……」

ナイフをしまう。フィナが安堵《あんど》した表情を浮かべる。

……………くっそやりづらい。

「や、やっぱり今回は止《や》めようかな……」

そう言うと、フィナは顔をぱっと明るくさせて「そ、そうしたほうがいいです！」と嬉しそうに言ってきた。さすがにあんな純粋な目で見られたらできないよ俺。

俺の腕に抱かれた垂丸兎を、キラキラとした目でじーっと見つめるフィナ。

「……触ってみるか？」

「いいんですか！　なら是非……！」

すごく触りたそうな顔をしていたので聞いてみたら、すごい勢いで食いついてきた。近い近い。

「わ……ふわふわです……」

正しい持ち方を教えて腕に抱かせる。めちゃくちゃ嬉しそうで緩んだフィナの顔。

「……ん？」

そのまま幸せそうなフィナを見ていると……あることに気づいた。

暗くてよく見えなかったが、よく見るとフィナの首に提げてある物体――ペンダントにどこか見覚えがある。あのペンダントって確か……。

「それ、落とし物の……」

「あ……これですか？　そうなんです。落とし物として騎士団に届けて貰って……とても、とっても大切なものなので……ほんとに、優しい方に拾って頂いて助かりました」

「ふーん……」

「中にはあの人との思い出の写真が入っているんです。……拾って頂いた方には感謝してもしきれません」

垂丸兎《たれまるうさぎ》を優しく撫《な》でながら、フィナは大事そうにペンダントを胸に抱く。

どうやらあのペンダントはフィナの落とし物だったようである。奇妙な縁もあったもんだ。

「あの人って……昼間言ってた〝運命の人〟ってやつか。そりゃまあ愛されてるこって。そんなに好きなら早く再会したいんじゃないか？」

「それはそうですよっ、だって――九年も、待ったんですから」

フィナが懐かしむような慈愛に満ちた顔をしていると、垂丸兎《たれまるうさぎ》もフィナのぽわぽわとした雰囲気に当てられたのか、安心しきって寝息を立てていた。警戒心の高い垂丸兎がここまで安心するとかすごい。

「……でも、どうする？　相手はフィナのことを忘れてるかもしれないぞ？」

「むむ、そんなことはありません！　あの人は『待っててくれ』って言ってくれたんです。結婚の約束だってしてくれたんですよっ！」

「わ、分かった分かった。悪かったたって……」

少しからかってみると、ずずいっとこちらに顔を寄せて勢いよく反論し「あの人は本当にかっこよくて～」とのろけ始めるフィナ。愛されてるなぁ……。

俺が呆《あき》れた顔をしていると、フィナは少しだけ顔に影を落とし、こう言った。

「……でも時々、不安になるんです。そんなわけないって思ってはいるんですが、あの人がもう――いないんじゃないかって」

ゆっくり、優しく垂丸兎《たれまるうさぎ》を撫で続けるフィナ。

《灯》の魔導具の淡い光に照らされたその横顔は、どこか寂しそうに見えた。

……九年か。そこまで待っていればそりゃ、不安になることもあるだろう。魔物と戦う稼業をしている人間にとって、結婚の約束をしていた想い人《おもびと》と死別したという話はそう珍しいことではない。

でも——

「きっと……生きてるだろ」

一言、そう言った。根拠も何もないけど……なんとなく、そう思ったから。

「……ありがとうございます。意外とお優しいんですね？」

「失礼な、俺は心優しいイケメンだぞ？　ただ、少しだけやる気がなくていつも寝ていたいだけだ。できることなら一生家の中に引きこもっていたいと思ってる」

「ふふ……駄目じゃないですか」

フィナは顔を上げ、くすくすと上品に笑う。

「仕事なんて最低限でいーんだよ。適当に働いて適当に過ごす。自由でストレスフリーな最高の生活だろ？」

「自由……私も、できることなら立場を気にせずに過ごしてみたいです」

「それを決めるのはフィナ自身だ。それこそ、運命の人と駆け落ちでもしちゃえばいい」

「……もしかしたら、そのくらい暴走しちゃうかもしれません。九年分の気持ちが爆発しちゃうかも……」

「気にすんな。約束しといて九年も待たせるような奴だ。少し自分勝手なくらいで丁度いいだろ」

俺が無責任にそう言うと、フィナは「ふふ、じゃあそうしますね？」と微笑《ほほえ》む。是非ともそうして欲しい。そいつは苦労するかもしれないが俺には関係ないからな。

「不思議です。なんだかあなたには色々話しちゃいます。あの人と同じ黒髪だからでしょうか？」

「……まあ、吐き出せたんなら何よりだ。まだ夜は長いし……他にも何か悩みがあるなら遠慮なく言っていいぞ。暇だし」

依頼人からの好感度を上げておくのも冒険者の処施術である。まれに報酬が増えることもあるし、それに寝られなくなって暇だし。たまには人と話すのも悪くない。

そう思い、何も考えずに言ってしまうと。

「そうですか！　では、あの人のことを色々と話したく――」

「あー、まあ……ほどほどにな。うん、ほんとに」

顔をぱっと明るくさせるフィナ。やべ、選択ミスった。

そうして俺は、夜が明け朝日が登り切る頃まで、フィナの運命の人である黒髪勇者のののろけ話を延々と聞かされる羽目になった。

朝、起きてきた他の冒険者たちが俺の顔を見て「顔死んでるけど大丈夫？」と心配してきたのは、言うまでもない。


「では、今日はあと少しで日も暮れますし、この辺にいたしましょう。ちょうど近くに村があるみたいなので、そこで――」

二日後。エタールまでの道中にある森を抜け、俺たち一行は中間点に位置する、ある小さな村に到着していた。

道中、たまに魔物が出てくるくらいで特にアクシデントはなく、平和に安全にここまで来ることができた。C級以上の魔物もほとんど出てこなかったし、出てきたD級以下の魔物は他の冒険者が瞬殺してくれたから俺は何もすることがなかった。めっちゃ楽だった。

「……ん？」

一泊させて貰《もら》えるようにお願いするべく、村に近づくと……どこか、違和感を覚えた。

「あれ、なんで……門兵がいないんだ？」

なぜか……村の入り口にいるべきはずの、門兵らしき人物が見当たらないのだ。

それに、もうじき日没なのにもかかわらず、家屋に灯《あか》りが点《つ》いていない。それも、見渡す限りすべての家が。

「おかしいですね。人も……いないようです」

フィナが《探知魔法》を使い、魔力を飛ばして探索を行う……が、家屋の中にも人がいないようだ。どうしたんだろう？

仕方ないので手続きせずに村に入り、灯りが点《とも》っていた家屋を見つけ、中にいた村人の老人に話を聞くと、なんで人がいないのかが判明した。

「………攫《さら》われた、ですか？」

九十歳くらいだろうか、その老人は腰が弱く立っているのも辛《つら》そうだったので椅子に座って貰うと、ふるふると震えた口で、ゆっくりと事情を話してくれた。

「それは……まずいな」

聞いた話によると――数日前。

突然、大量の魔物を引き連れた黒い布で顔を隠した男たちがやってきて、村にある食料や物資、貴金類などを根こそぎ盗み、村の子供や女性、男たちといった……この老人以外の村人たち五十名弱をすべて連れ去ってしまったのだという。

なんで門兵が通してしまったのかと聞くと、いつも来ていた行商人の荷車の中に潜んでいて、安心して検査を甘くしていたから分からなかったのだろうと語ってくれた。

行商人は何年も前から取引してる人だったということから……おそらく、脅されて仕方なく協力させられたのだと思う。

老人は隣国に救援を要請しようとしたらしいが、足腰の弱い身体《からだ》では馬に乗ることもできず、村に設置された緊急時の連絡手段である《伝言》の魔導具でエタールに救援要請を送っても一向に返事が返ってこず、ユニウェルシア王国へは《伝言》が距離的に届かないこともあり、どうしようもなかったらしい。

それを聞いたウェッドはしかめた顔をして。

「魔物使いの盗賊か……でも、何で金目のものだけ盗《と》っていかなかったんだ？　人なんて連れてっても意味なくねぇか？」

「そうよね、人の身体なんて大したお金にならないし……」

ウェッドとリーナ、周りの冒険者たちも理解できていないようで首を傾《かし》げる。

だが、俺はピンと来た。つまり――

「……人攫い」

言おうと口を開きかけると、水色髪の少女、イヴがぽつりとそう呟《つぶや》いた。……なるほど、イヴは知ってるのか。

「むむむ……でも、つれてってどうするんだー？」

「この大陸で奴隷は禁止されているはずです。それなのに――――まさか」

レティは首を傾げているが、フィナはどうやら分かったようだ。そう、そのまさか――

「他の大陸なら、奴隷は禁止されていない。……つまり、そういうことだろ」

ここ――ヘルト大陸では、数年前に奴隷制度が廃止されている。中には隠れて違法奴隷の取引を行う犯罪者もいるだろうが、見つからずに五十人もの人数を売りさばくのはさすがに難しい。

となると残るは、他の大陸――ベスティア大陸やメヒャーニク大陸などの、奴隷制度が禁止されていない地域。

特に、獣人種が多くを占めるベスティア大陸の一部の地域には、かつての戦争で植民地にされ、虐げられた恨みを未《いま》だに強く持っている獣人も多い。人間の奴隷は大層高く売れるに違いない。

この老人が攫われなかったのも……足腰が悪くてあまり動くことができず、年齢も高いことから商品としての価値が低いと判断したと推測できる。

捕まえた村人をどうやって入国制限のある他大陸まで連れていくのかは分からないが……攫うくらいだ、何かしらの手段があるのだろう。

「それで、どうする？」

俺は顔を強《こわ》ばらせているフィナに問いかける。

「……どうする、とは?」

「俺たちは護衛依頼を受けた冒険者にすぎないからな。依頼中である以上、決定権は依頼人のフィナにある」

冒険者にとって、護衛依頼中に起きた問題をどうするかは依頼人に決定権がある。

冒険者自身が依頼を破棄でもしない限り、依頼人が見捨てると言えば見捨てるし、助けるといえば助ける。冒険者稼業はそういう世界だ。

「村が襲われたのは数日前……そう遠く離れてはいないはずだ。今なら追いつける可能性がなくはない」

今すぐ追いかければ追いつけるかもしれないが、隣国まで急ぎ、救援を出すとしたら間に合わない可能性のほうが高い。……つまり、助けるとしたら俺たちだけでやるしかない。

俺の問いかけを聞いたフィナは一切の迷いもなく、即答した。

「もちろん――助けます。見捨てるなんてできるわけがありません」

依頼人のその答えに、張り詰めていた空気が柔らかくなる。みんな、期待した答えだったと言わんばかりの顔だ。一人――カインだけ、逡巡《しゅんじゅん》するような顔だったが。

にしても……すごいな。依頼人によっては、追加依頼という形で報酬を払うことになるから無視するか、少しは迷うことが多いんだけど……。

「……だけどよ、どうやって捜す? ここにいる人数で手分けして捜すにも、敵の正確な数も分からねえから迂闊《うかつ》に動くのは危険だぞ?」

そう言って、ウェッドは難しい顔で顎に手を当てる。どうでもいいけど顔がめちゃくちゃ怖い。子供が見たら絶対に泣き出す顔だ。

でも、捜す方法か。確かに、ここにいる十五名弱で手分けして捜すわけにもいかない。

……あ、でも〝あれ〟を使えば――

「それなら俺が――」

口を開き、そう言いかけるが。

「大丈夫です。私が《千里眼》を使って――」

「フィナ様! それは――」

何かをしようとしたフィナを護衛の仮面女が焦ったように押さえて止める。

フィナと仮面女は「……離しなさい。人の命には代えられません」「ですが、ここで明かしたら偽装している意味が――」とかなんとか言い合っていた。どうしたんだ?

「探索に適した魔導具があるから使おうかなって思ったんだけど……必要ないか?」

なんか必要なさそうだなと思いそう言うと、フィナと他の冒険者たちに「え? 持ってるの?」みたいな顔で見られた。あれ、なんでそんなに驚いて――

「あ……ま、まあ一応な。前に貰ったんだ」

失言したことに気づき、適当に言い訳する。

提案してから気づいたが、確かに探索に適した魔導具って言われたら《探査》の魔導具しか思いつかないじゃん。

家が買えるくらい高い値段の《探査》の魔導具をD級の俺が持ってるって言われたらそんな反応になるだろう。そりゃおかしいわ。当たり前だわ。

……まあ実際には、《探査》の魔導具じゃないんだけど。

「あるぞ。……ほら」

言ってしまったことは仕方ないと思い、《異空間収納《アイテムボックス》》に手を突っ込んで《探査》――ではなく、《遠視》の魔導具を取り出す。

冒険者たちはそれを見て、「へー、これが……」とじろじろと見てくる。

レティたち勇者パーティーも……うん、疑ってないな。イヴだけ魔導具じゃなくてじっと俺の顔を見てきたけど気づいてないはずだ。無表情で分からんけど。

「でも、できるのですか？　広範囲を調べる魔導具となると、かなり希少なもの――それこそ、《古代遺物《アーティファクト》》ほどでないと難しいと思いますが……」

「……まあ、それに関しては大丈夫だ」

そう言い、双眼鏡のような形状をした《遠視》の魔導具を持って両目に当て、まるで魔導具を使っているかのように魔力を込める。

次に、《偽装魔法》を使い、限りなく薄めた魔力を使って《探知魔法》を行使した。この村からエタール、ユニウェルシアに届くほどの広範囲を覆うように。

するとーー
「見つけた。そこまで遠く離れてはいないみたいだな」

暗い洞窟に出入りしている集団を発見し、何食わぬ顔でそう呟いた。それを聞いたフィナたちが「本当ですか！」と顔を明るくさせる。

ウェッドが「どんな感じなんだ？　見せてくれ」と言ってきたので《遠視》の魔導具を手渡す。ウェッドは「おお……本当だ」と驚いている様子。双眼鏡の先には、怪しい集団が夜営の準備をしている姿が見えているはずだ。

……普通なら、《遠視》の魔導具だけではどこにいるかまでは分からない。特に、俺の渡した魔導具単体では少し離れた場所を見る程度のことしかできない。

じゃあ何で見ることができるのかというと……俺のしたことは単純。

広範囲に《探知魔法》を使って人攫いと思われる集団の魔力を捜し出し、《遠視》の魔導具と繋《つな》げた。ただそれだけ。

この《遠視》の魔導具単体だと、本来できない芸当。

……だが、俺は《遠視》の魔導具の基本術式である『①見たい地点へ魔力を飛ばす』『②魔導具に魔力が捉えたものを映像として投影する』の①を自分で担うことにより、できるようにした。知らない人も多いが、魔導具はこういった応用も可能なのだ。めっちゃ便利！

「確かに、聞いた情報と一致します。攫われた村人の方たちも……無事なようです」

《遠視》の魔導具を覗《のぞ》きながら、ほっと胸を撫《な》で下ろすフィナ。

「見た限り、B級以上の魔物も従えてるじゃねえか。二十四くらいであまり数は多くないようだが……」

人攫いたちの戦力を見てウェッドが「どうしたものか……」と頭を悩ませる。……ん？何で悩んでいるんだろう。

「相手の数はざっと見積もって六十以上。……対してこっちの数は十五弱……ちっと不利だな」

「ええ、攫われた村人を人質に使われる可能性もありますし……見つからないように潜入して、戦わずに救出するのが安全かもしれません」

「それなら、陽動している隙に村人を救出するのがいいかもしれんな。長い間あれだけの数を抑えるのは難しいが、数分ならできると思うぜ」

「……つまり、村人の安全のために戦闘は避けるってこと？　それだと今回は助けられるけど、みすみす逃がすってことになるんじゃないかしら？　私は――ここで潰しておくべきだと思うけどね」

フィナとウェッドが出した提案をリーナが反論する。……言う通り、ここで戦わずに逃がしてもまた同じことをするのは明白だ。なら、ここで潰したほうがいい。

……というか、なんで悩んでるんだ？　悩む必要なんてないと思うんだけど。

「別に、正面から堂々と行けばいいんじゃないか？」

「はぁ？　正面からって……」

ウェッドは俺を見て、「何言ってんだ」と変な表情を浮かべた。いや、だって――

俺は桃色髪の少女――レティを指さして。

「ここにいるのは【攻】の勇者だぞ？　なら――正面突破なんて、楽勝だろ」

俺の発言に「あっ……」みたいな顔になる冒険者たち。その発想はなかったらしい。

「……？」

レティだけはよく分かっていないようで、俺が顔を向けると満面の笑みでにぱーっと笑う。かわいい。

そうして――段取りを話し合って各自の配置を決めた後。

日付が変わる瞬間と同時、作戦は決行されることとなった……。

「おー、やってるやってる。レティは……うわ、やっぱ勇者の力はとんでもないな。ウェッドもA級なだけある。てか、あの見た目で魔導士なんだよな……殴ったほうが絶対強いだろ」

人攫《ひとさら》いたちが拠点として使っている洞窟の内部にて。

俺は他のみんなと同じく突入して戦う――ことはなく、《重力魔法》を駆使して洞窟の天井にコウモリのように張りつき、戦況を見守っていた。

はたから見たら完全に不審者にしか見えないが、別にふざけてるわけでもサボって高みの見物を決め込んでいるわけでもない。俺だってしたくてしてるわけじゃない。

というのも……作戦のための各自の配置を決めるときに、俺はD級冒険者だし戦力はレティとウェッドたちで足りてるし、救出要員にも白魔導士のイヴとB級以上の冒険者たちがいれば問題ないだろうということで、村を守るという建前の実質戦力外通告。つまりお留守番を言い渡されてしまったのだ。ひどい。

ちなみに、フィナも依頼人ということでお留守番だ。自分も行くと言ってたけど護衛の仮面女とウェッドが言い聞かせてしぶしぶ承諾してた。めっちゃ不満そうだった。

つまり、俺は本来であればお留守番。……しかし、個人的に気になることがあり、こうして隠れて付いてきていた。

「……万が一ってこともあるからな」

以前、ある場所で手に入れた黒い布――〝おどろおどろしい髑髏《どくろ》のマークが描かれたスカーフ〟を《異空間収納《アイテムボックス》》から取り出して、ため息をつく。……もしかしたら、〝あの集団〟の生き残りの可能性がある。面倒だけど念のため。念のためである。

村には魔物が入ってこないように結界を張ったから大丈夫だし、俺と同じくお留守番のフィナには「トイレ行ってくるわ。大きいほうだから時間かかる。そうだな……三時間くらいかかるかもしれん」と言っておいたから問題ないはずだ。

フィナの「えっ……あ、はい…………え？」みたいなやべえ奴《やつ》を見る顔に人としての何かを若干失った気がしたけど気のせいだろう。

「村人の救出は――大丈夫そうだな」

《探知魔法》を全域に飛ばし、状況を確認する。

白魔導士であるイヴが村人たちを癒して歩けるようにして、冒険者の魔導士が《隠蔽魔法》を使って気配を限りなく薄くし、見つからないように外に移動中のようだ。護衛として冒険者たちも付いているし、あれなら戦闘になっても大丈夫だろう。

突入部隊に選ばれたレティも勇者の力をフル活用してどでかい剣――【聖剣グランベルジュ】を軽々と振り回して人攫いたちと魔物を蹴散らしてるし、リーナは魔導士らしく炎の魔法を使って魔物を焼き尽くしている。

ウェッドも手に持っていた魔導杖《づえ》を使って詠唱し、魔法を使う……が、魔法が効きにく

い魔物と対峙《たいじ》すると魔導杖を放り投げ、魔力をまとった拳で殴りかかっていた。魔導士って何だっけって思った。

見ている限りは……ほぼ全員、特に苦戦もなく戦えている。さすがはA級以上の冒険者と【攻】の勇者である。

レティやウェッドたちは問題ない。問題は──

「──《糸操人形《マリオネット》》」

俺は《操作魔法》の一つ《糸操人形《マリオネット》》を行使し、襲いかかる数体の魔物に苦戦している男──カインを背後から斬りかかろうとした男の動きを操作し、強制的に止める。

「ぐがっ……」

そして、そのまま操作して剣を自分自身の首に突き立てさせ、自死させた。

「!?　あれ、なんで──」

カインは背後でドサッと突然倒れ込んだ男を見て、困惑している様子。だがすぐに戦っていた魔物に襲いかかられて剣で防ぎ、注意を魔物に集中させる。

複数の狼《おおかみ》型の魔物の噛《か》み付きを体幹をずらして避け、着地の一瞬の隙を突いて剣で斬りかかる。そしてすぐに距離を取り、次の攻撃を警戒するように剣を構えた。

「ほーん……」

俺は思わず、感嘆の息を吐く。

お飾りのB級冒険者だと思っていたが、なかなかにいい動きである。本物のB級の剣士には遠く及ばないが……C級剣士相当くらいはありそうだ。

でも……変だな。

「なんであいつ、《身体強化》使ってないんだ？」

剣士の必須魔法である《身体強化》を使えば魔力による剣技補助でもっといい動きができるし、あんなに苦戦することもない。魔力による《気配察知》も使ってないみたいだし……そういう流派か何かか？

まあ、俺も昔は《気配察知》とかの修行のために自分に制限をかけて戦ってたりしてたし、それと似たようなものなのかもしれない。たぶん。

その後、ウェッドが苦戦しているカインの助太刀をして魔物を倒し、レティが最後に残ったA級の魔物——巨人鬼を両断して、戦闘は終了となった。

攫われた村人たちも全員無事に救出することができて、終わってみれば何事もなく大戦果の結果である。みんなの顔も明るい。

「……さて」

俺はレティたちが安堵《あんど》した様子で洞窟を出たのを確認した後、《重力魔法》を解除し、天井から地面に着地する。

周りを見渡す——地面には魔物の死骸と人攫いの死体が落ちているだけで、生きている生物はいない。……ここには。

「さっさと終わらせるか」

村人たちが捕らわれていた洞窟の最深部。その壁を見据えて呟《つぶや》く。

一見、普通の洞窟の壁だから分からない。だが……、

「よっと」

壁にかけられた術式に介入し、解除する。すると――

――先ほどまではなかった広い空間が、壁の奥に出現した。

地面の中心に描かれた、幾何学模様の魔法陣。

その魔法陣――《転移》の魔法陣はなぜか、青白く光を放っている。

まるで……つい、数十分ほど前に使われたかのように。


「ハァ……ハァ……くそっ、どうなってやがる！　なんで【攻】の勇者がこんな所に……ちくしょう!!」

日が落ち、完全に闇に包まれた森の中。

黒いスカーフで鼻から下を覆い隠した怪しげな男が、整備されていない獣道に生い茂る草木を掻《か》き分けながら、灯《あか》りも持たずに焦った様子で走っていた。

「……まあいい、どうせあいつらは切り捨てる予定だった奴らだ。それよりも――」

男は小さな抜け道を通ったあと、開けた場所に到着して呟く。そして、その場所にかけていた《隠蔽魔法》を解除した。

すると――現れたのは、地面に描かれた見渡す限り大きな魔法陣。

その魔法陣――《転移》の術式が刻まれた魔法陣の紋様は、通常の転移式より複雑に描かれており、中心の術式部にはある魔導具――《古代遺物《アーティファクト》》が動力源として置かれていた。

王国の宮廷魔術師が数十人がかりで術式を組み、ようやく作成できるほどの高度な魔法陣。だが、それよりもこの空間で異彩を放っている光景があった。

男は腰に提げていた《収納》の魔導具から、小さな鈴が十個ほど付いた束を取り出し、僅かに揺らしてちりりんと鳴らす。

「よし、まだ〝コイツ〟は聞いてるみたいだな……」

そして、目の前の光景――魔法陣とは少し離れた場所にいた、赤い目を輝かせた魔物たちが襲ってこないのを確認し、ニヤリと顔を歪《ゆが》ませた。

「コイツさえあれば問題ねえ。また別の場所でやれば――――がっ!?」

男が笑みを浮かべ、目の前の鈴を《収納》に仕舞おうとした瞬間。

展開していた《魔力探知》が魔力を感知したと同時、背中に強い衝撃がかかり、勢いよく吹き飛ばされてしまった。

「なに、が……」

「ほー、《従魔の鈴》か。それも十個も。珍しい魔導具持ってるじゃん。まあこのくらいあれば……これだけの数を使役できるわな」

倒れたままで顔を動かし何が起きたのかを確認すると、そこに立っていたのは深淵《しんえん》のように真っ黒な髪を持った青年の姿。

青年は周りを囲む百匹以上の魔物をやる気のなさそうな目で見ながら、男が落としてしまった《従魔の鈴》の束を拾い、人差し指でくるくると回す。

突如として現れた青年に男は一瞬だけ混乱するが、すぐに状況を理解し、青年から距離を取るために身体《からだ》を動かそうとした。

しかし。

「――《麻痺毒《パラライズ》》」

青年がそう詠唱すると同時に、男は身体の自由を失ったかのように倒れ、手足が痺《しび》れて動かせなくなってしまう。

「おかしいとは思ったんだ。あれだけの魔物……相当な術者か魔導具でも持ってないと使役できないはず。なのに、術者らしい奴が一人もいなかった。……いや、申し訳程度に《従属の腕輪》をつけてる奴がいたけど、あれは数匹程度しか使役できないし」

青年は「魔導具に詳しい俺だから分かったことだぞ。すごいだろ」と顎に手を当て、自慢げにふふふと笑う。

「なん、で……ここ、が」

「ん？　なんでって……あんなお粗末な《隠蔽魔法》でバレないとでも思ったか？　ならもっと修行したほうがいい」

「は、あ……？」

やれやれと小馬鹿にしたように肩をすくめる青年に、男は意味が分からないと言いたげな表情を浮かべる。

この青年の言っていることが分からなかった。

男は元A級冒険者の魔導士だ。それも、《隠蔽魔法》や《偽装魔法》を使って敵を翻弄することを特に得意としていた一流の魔導士。野盗になり、冒険者としては一線を引いた身とはいえ、今まで見抜かれたことなど数えるほどしかない。

それが……お粗末？　S級冒険者ですら初見では見抜けないほどの《隠蔽魔法》が？

男が混乱していると、青年は魔物たちから目を離し、魔法陣のほうを見て、

「それに……攫《さら》った村人をどうやって他の大陸に連れてくのかってのも疑問だった。五十人もの大人数を連れてユニウェルシア、エタールの国境を抜けられるわけがない。……つまり、《転移》の魔法陣を使って他大陸に行くしか方法はないって俺は考えた。それも、五十人が一気に移動できるほどの大規模な魔法陣を使ってな」

青年は魔法陣のほうに歩き、紋様を見て「……なるほど、ベスティア大陸への転移式か」と呟いた後、魔法陣の術式を解析して介入し、破壊する。

複雑な魔法陣をいとも簡単に。当たり前のように。

「ま、それはいい。それより――これについてだ。お前は【曝首団《しやれこうべ》】の生き残りか？」

ガサゴソと青年は黒い布――髑髏《どくろ》のマークが描かれたスカーフを取り出し、強い口調でそう問いかけた。

「お、まえ……なん、で、それを……」

男は痺れて呂律《ろれつ》の回らない舌を動かし、狼狽《ろうばい》するように答えた。青年の持っていたそのスカーフは、男がかつて所属していた組織で使っていたスカーフと同じ物だったからだ。

青年は男の返答を聞き、「やっぱりか。全部潰したと思ったんだけど……俺も詰めが甘いな」とため息をつく。

「よし、じゃあこれで終わりっと……帰ろ帰ろ」

青年は気だるげに呟き、踵《きびす》を返してさっさと歩き始める。

男は止《とど》めも刺さずに背を向け、去ろうとした青年を見て好機だと考え、徐々に動くようになった身体を動かして逃げようとした。

数年がかりで入念に準備した《転移》の魔法陣を破壊して計画をぶち壊したこの青年を今すぐ殺してやりたい気持ちはあった。しかし、《従魔の鈴》を奪われていて相手の力量が分からない以上は分が悪い。ここは体勢を立て直して――

男が身体を動かして逃げようとした瞬間。

「あ、言ってなかったけど動かない方が――もう遅いか」

全身に激痛が走り、走ろうとした勢いで地面に倒れ込む。

「は、ぁ……!?」

何が起こったのかが分からなかった。

自身にかけられた《麻痺毒》《パラライズ》の効果時間は既に効果が切れ始める頃。それ以外は何の魔法も受けていない。それなのに――

「もう遅いけど……動かないほうがいいぞ。俺のアレンジした《麻痺毒》《パラライズ》は動けば動くほど身体に毒が回って死ぬほど痛いからな。それに、どうせあと数分で死ぬし」

青年の言葉に、男は理解ができず混乱する。何だそれは。動けば動くほど《麻痺毒》《パラライズ》が身体に回る？　そんな効果は聞いたことがない。

「あ、が……た、助け――」

男は全身に走るあまりの激痛に耐えられず、痺れる舌を動かして助けを乞う。相手が敵であることなど忘れ、ただこの激痛から逃れたいがために。

「……そうか、助けて欲しいか」

こちらを一瞥《いちべつ》すらすることなく背中を向けて去ろうとしていた青年は、その声にぴたり、と足を止めた。くるりと踵を返し、倒れ伏した男に向けて歩き出す。

戻ってきた青年に、男は助けて貰《もら》えると思い、安堵の表情を浮かべた。

男は誘拐事件の首謀者。これまで行ってきた犯罪や誘拐事件も、両手の指を数える程度では到底足りえない。騎士団も自身を捕まえるために動き出している。拷問してでも吐き出させたいこと、知りたい情報があるだろう。

男はにやり、と顔に笑みを作った。まだ生きられる。拷問の末に処刑になるのはほぼ確定だが、生きている限り望みはある。

青年が一度、去ろうとしたのは自分を怯《おび》えさせ、従順にさせるための演技《パフォーマンス》。本当に殺すというつもりはないのだろう。

それに、従順な振りをして青年を油断させれば、自身の魔術を使って逃げ出すことができるかもしれない。ならば――

青年はゆっくりと歩き、男の傍《そば》で膝を曲げてしゃがむ。

そして、男の瞳を覗《のぞ》き込みながら、質問した。

「……心を入れ替え、騎士団に出頭すると誓うか？」

「ち、ちか……う！」

男は痺れる舌で答える。返答に満足したのか、自身に伸ばされた青年の手を見て、ほっと安心するように一息をついた。この魔法を解除してくれるのだろう。

青年は伸ばした手を――

「ぐッ!?」

男の頭部、髪を乱暴に摑《つか》み、顔を強引に上げさせた。

「な、なん――」

理解できず、男は混乱する。助けてくれるんじゃなかったのか、どういうことだと、抗議するように青年に瞳を向けた。

青年は感情が読めない表情で、淡々と呟《つぶや》く。

「あいにく、俺はお前らみたいな奴《やつ》はもう二度と信じないって決めてる。だから、お前に温情をかける気はさらさらない。騎士団に突き出すつもりもない。お前に聞きたいこともないし、どうでもいい」

「なッ……」

男は絶句した。自分をさらさら助ける気がない青年の言葉に。

「それに、虫がいい話だ。ベスティア大陸で奴隷になった奴がどうなるか知ってるか？ それはそれは、生きていることを後悔するぐらいのことをされるそうだ。助けてって言っても、誰も助けてくれないんだってよ……かわいそうだよな？」

青年は冷たくそれだけ吐き捨てて、「じゃあな」と背を向けて歩き出してしまう。

「く、そ……お前、も……！」

男は自身が既に助からないことを理解し、痺れてまともに動かない腕で懐からある物を取り出し、力の限り青年のほうに投げた。せめて、道連れにしてやろうと。

「ん？　何を――」

男が投げた物――《解魔の鈴》は地面にぶつかってちりんと甲高い音を鳴り響かせ、《従魔の鈴》の効果を受けている魔物を正気に戻させる。

瞬間。

正気を戻した魔物たちは怒り狂ったかのように牙を剝《む》き、一番近くにいた青年に襲いかかった――C級からA級の凶暴な魔物が入り乱れる、百匹以上の魔物たちが。

男はにたりと顔を歪ませる。これで道連れにできたはずだ。これで――

……しかし。

「――〝止まれ〟」

青年が一言そう呟くと同時。

〝凶暴な魔物たちが一斉にピタリと動きを止めた〟のを見て、そのあり得なすぎる光景に目を剝くこととなった。

「――〝邪魔だ。道を空けろ〟」

青年が続けて命令すると、魔物たちは青年が通る道を邪魔しないように道を空け、服従したかの如《ごと》く跪《ひざまず》いた。まるで……主《あるじ》に使える僕《しもべ》のように。

「あ、ああ……」

男はその光景を見て理解し、擦《かす》れた声を漏らす。

自分は、逆らってはいけない者の逆鱗《げきりん》に触れてしまったのだと。元A級冒険者の魔導士である自分がちっぽけに思えてしまうほどの、次元の違う存在に逆らってしまったのだと。

《麻痺毒《パラライズ》》が全身に回り、激痛と共に薄れゆく意識の中。

男は滲《にじ》む視界に映っている光景——魔物たちを跪かせ、口を歪《ゆが》ませて不敵に笑う青年の姿を見て、恐れたように戦慄《わなな》く。

青年のその、禍々《まがまが》しい黒い魔力を纏《まと》った姿はまるで……。

魔を従える王——【魔王】、そのものにしか見えなかったのだから。

「恥ずかしい、めっっっっっちゃ恥ずかしい」

エタールまでの中間点に位置する村。

攫《さら》われた村人を救出したことで設けられた歓待の席にて、俺は恥ずかしさのあまり顔を両手で隠し、めちゃくちゃ後悔の念に苛《さいな》まれていた。

俺の様子を見たウェッドが「どうした？　気分でも悪いのか？」と心配してくれるが、今だけは構わないで欲しい。放っておいてくれマジで。

「やっちまった……記憶消したい」

先ほど——三時間ほど前にした自分の行動を思い出し、今すぐジタバタ動き回りたい衝動に駆られる。

というのも……三時間前、俺は人攫いたちの生き残りと見られる男を追い、設置してあった《転移》の魔法陣を使って追いかけ、潰した。

そして一件落着かと思い帰ろうとしたら、人攫いが《従魔の鈴》で使役していた大量の魔物たちが襲ってきて、即座に《操作魔法》を使って操作して動きを止めた。そこまではよかった。

だがその後、大量の魔物が自分に跪いているその姿を見てなんだか妙に気分が昂《たかぶ》ってしまい……久しぶりに目覚めてしまったのだ——思春期の頃の、忌まわしき病が。

そのあとはノリノリで魔物を従え、「おい……酒が足りんぞ」とか言って酒が飲めないから代わりにぶどうジュースをグラスに注《つ》がせ、「行くぞ、今宵《こよい》は――〝闇〟が深い」とかなんとか言って外套《がいとう》を靡《なび》かせて悦に入《い》っていた。何やってんだ俺。

いやほんと……何であんなことやっちゃったんだろう。いくら気分が昂ったとはいえ、それは年齢的にアウトじゃんよ。完全に痛いやつだろうよ。

「よし、なかったことにしよう。そんな事実はなかった」

誰かに目撃されていないのが不幸中の幸いである。もし誰かに見られてたら俺は自ら死を選ぶね。十三歳の頃はまだ「子供だから」で許されるが、十八歳にもなった大人がやってたらドン引きだからだ。

……まあ、それはもういい。そんなことより今は、村の人たちが設けてくれたこの場を楽しむべきだろう。肉とか魚とか、奪還した食料類を使って豪勢な料理を作ってくれたみたいだし。

別に、俺たち冒険者と依頼人であるフィナは歓待なんてして貰わなくてよかった。

しかし、フィナが「別に歓待もお礼のお金もいらないですから……明日の朝には出ますので」と聖母みたいなことを言っているのにもかかわらず、村の人たち、特に村長がせめて感謝の気持ちとして歓待の宴《うたげ》をしたいと強く願い出てきて、しぶしぶフィナが受けたという状況だ。フィナはすごく申し訳なさそうな顔してた。

「ん、あんああいう（ん、なんだあいつ）」

でかい骨付き肉を両手に持ち、むしゃむしゃと頬に詰め込んで下品に食っていると……

みんながワイワイ楽しんでいる広場からふらっと離れ、どこかへ行こうとする男の姿。

「ンンッ………おい、どこ行くんだ？　食わねえの？」

ドンドンと胸を叩《たた》いて詰め込んだ肉を飲み込み、俺はその男——カインへ問いかける。

「……放っておいてくれ」

歓待を受けているというのになぜか、カインの顔には喜びが感じられない。むしろ——

すごく辛《つら》そうに見えた。何でだ？

「タダ飯なんだから食えばいいだろ。腹減ってないのか？」

「……僕に、そんな権利なんてない」

「？　何だそりゃ」

顔を地面に向け、淡々と呟くカイン。権利？　飯を食うのに権利なんている？

「……僕は、何もできなかった。勇者様や他の冒険者が戦果を挙げているのに……僕は
狼《おおかみ》一匹すら、倒すことができなかったんだぞ。……どんな顔で参加しろっていうんだ」

カインは俯《うつむ》いたまま唇を噛《か》みしめ、悔しそうに吐露する。その拳からは……爪が強く食
い込むほど握りしめているのか、僅かに血が滴っていた。

「……そんなこと気にすんなよ。俺だって留守番で三時間うんこしてただけだけど、こう
して食いまくってるぞ。作戦に参加してただけお前のほうが立派だって」

俺はそう言ってにっと笑い、手に持っていた骨付き肉にがぶりと噛みついて咀嚼《そしゃく》する。うまいうまい。

カインは顔を上げ、こちらを睨《にら》むような眼《め》でキッと見て。

「ふざけるな……！　僕は、シュトルツ家三男のカインなんだ！　お前みたいな責任もない冒険者とは違う！　僕は違う、お前ら低ランク冒険者とは違う……違うんだ……！」

そう叫び、頭を抱えて蹲《うずくま》るカイン。

なんていうか……難儀な生き方だな、と思った。

たぶん、貴族としてのプライドとか何かしらがあるのだろう。そんな考えに囚《とら》われず、俺みたいにてきとーに自由に生きればいいものを。

……ま、まあ適当すぎるとかたまに言われるけど。でも別に迷惑かけてないしいいだろと思う。俺には俺の生き方ってもんがあるのだ。

「まあ……気が向いたら来いよ。早く来ないと俺が全部食っちまうぞ？」

それだけ言い、ひらひらと手を振って広場へと向かう……前に、《異空間収納《アイテムボックス》》からシャルに貰《もら》っていたお菓子を取り出し、「あ、そうだ……これ、感想くれ」とカインに投げて渡す。

おそらく、俺が何を言っても無駄だろう。生き方は人それぞれだし、誰かの考えを変えるのは難しい。自分の言葉で誰かを変えられると思うなんて傲慢すぎる。

というか、別に変わらなくていいからお菓子の感想が欲しい。俺にこいつと仲良くしたいとかの気持ちはまったくないし、自分のことは自分で何とかしろって思う。それより貴族の男の意見は貴重だと思うから聞かせてくれ。シャルに送るから。

その後、俺は広場に戻り、タダ飯だからと肉と魚とデザートをむしゃむしゃ食べて満腹のまま寝袋に入って寝た。生の喜びを感じた。

しかし……結局、カインが宴終了の時間まで広場に姿を現すことはなく、感想は聞けずじまいとなってしまった。とても残念である。

「――おー！　いっぱい魚およいでる！　これ食べられるやつかなー？」

「――食べられそうだけど……それよりレティ、遊んでないでちゃんと洗いなさいな」

「――ん、冷たい」

次の日の昼休憩の時間。

昼寝から起きたら、目の前に女性三人が水浴びをしている肌色の空間が広がっていた。

何を言っているのか分からないと思うが俺も分からない。なにこれ。

「ふぅ……気持ちいい。やっぱり、最低でも一日に一回は身体《からだ》を洗わないとね。私、綺麗《きれい》好きだから身体に汚れがついたらすぐシャワー浴びたくなっちゃうのよ」

「分かる。《洗浄》を使えば汚れは落ちるけど、何となく気持ち悪い。お風呂か水浴びは必須」

「つかまえた！　おまえは今日の晩ごはんにする！」

レティ、イヴ、リーナの女性陣の会話を聞きながら、何でこうなっているのかを寝起きの頭を回転させて考える。

確か……一時間前、俺は昼休憩の時間になったので適当に栄養食を食べて食事を終わらせ、食後に気持ちよく眠れそうな場所を探して近くの森を散策していたのだ。

そして散策から少しして、木々の隙間から陽光が差し込んでいるめちゃくちゃよさそうな場所を発見した。すぐ傍《そば》の河川からの水音と鳥のせせらぎなどの自然音、爽やかな風が心地よく吹きつける、絶好の昼寝スポットを。

そこを見つけた俺は即座に寝転び、ちゃんと昼休憩終了の時間に起きられるように《魔導時計》のタイマーを設定し、誰にも邪魔されないように《偽装魔法》の《迷彩偽装《カモフラージュ》》を自分にかけて背景に同化させてから眠りに誘われた。めっちゃ幸せだった。

だがしかし、誰かの喋《しゃべ》り声で目を覚まして起きたらこの光景。どこからどう見ても俺が覗《のぞ》き魔の変態である。やっべえ。

幸い、レティたちは裸ではなく水着を着けているのでバレたとしてもギリギリセーフな気もする。……でも、人によっては家の決まりとか個人の考えとかで恋人でもない男性に肌を晒《さら》したくないという女性もいるはずだ。どうしよう。

「でも依頼人のあの子、変わってるわね……貴族なのに全然横柄じゃないし、家の事情で水浴びは一人でしたいとか……あれ、確かイヴとレティも貴族だったかしら？　あなたたちは別の意味で貴族っぽくないわよ。特にレティが」

「一応そう。わたしは養子だけど」

「わたしもそんなかんじだ！　たぶん！」

「たぶんって……自分の家のことでしょうに。というかイヴは『馴《な》れ合うつもりはない』って言ってたのにちゃんと喋ってくれるのね。私としては嬉《うれ》しいけどー？」

「っ……うるさい」

リーナはからかうようにそう言い、イヴはハッと気づいたかのように眉を動かし、ふいっとそっぽを向く。少し顔が赤い。

「……それよりリーナ、本当に覗かれない？」

「もう……大丈夫だって言ってるでしょ。ちゃんと《探知魔法》で一帯に人がいないか確認したし、入ってこられないように《結界魔法》もかけておいたから」

「でも……万が一ってこともある」

「ないない。あったとしても、私の《探知魔法》に引っかからないくらい高度な《偽装魔法》でも使ってないと無理よ。冒険者の魔導士に使えそうな人はいなかったたし……問題ないわ」

なるほど。どうやら俺の《偽装魔法》が高度すぎて、リーナの《探知魔法》には引っかからなかったらしい。不運すぎじゃん？

「……なら、いい」

「水着なんだし、別にそんな気にしなくても……あ、もしかしてイヴ、恋人とか好きな人がいたりするのかしら？」

「……別に、言う必要はない」

「ふーん？　怪しいわねー？」

「……わたしの考えは普通。女性なら肌は好きな人にだけ見せるべき。…………それに、『自分を大切にできない奴《やつ》は嫌い』って、言ってたから」

からかうリーナにイヴがそう呟《つぶや》き、「ま、その通りね。好きでもない男に寄ってこられても全然嬉しくないもの」とリーナが納得したように頷《うなず》いて同意する。

イヴにはイヴの考えがあるようだ。にしても……『自分を大切にできない奴は嫌い』か。いいこと言うな。その考えには全面的に同意する。俺もそういう奴嫌いだし。

「でも……いいわね。そんなふうに恋人とか好きな人がいるのって――いッ！」

「？……だいじょうぶ？」

「だ、大丈夫よ。ちょっと、頭痛がしただけだから……」

リーナは頭を押さえて俯き、辛そうな声を出す。イヴがその様子を見て《回復魔法》を使うか提案するが、すぐに顔を上げ、問題ないと断っていた。

……てか、さっきから普通に会話聞いちゃってるけど……どうしようマジで。

実はさっきから、《迷彩偽装《カモフラージュ》》を全身にかけて背景に同化している関係上、動いたら俺のとこだけ背景が歪《ゆが》んでバレるからこの体勢のまま動けないのだ。

そのせいで、目の前の肌色空間から眼を背けようと顔を動かすこともできないし、この場を離れて逃走することもできない。めっちゃつらい。早くどっか行って欲しい。

……ん。いやでも待てよ。よく考えてみたらこれ——むしろ俺のほうが被害者なのでは？　気持ちよく寝てたら物音で起こされたし、別に覗きをしたくてここにいたわけではない。俺は完全に悪くないいじゃないか。

……そうだ、そうに違いない。それに水着だし、たぶん笑って許してくれるだろう。つまり堂々と出ていっても問題ない。うん、きっとそうだ。うんうん。

「ふわぁーよく寝たよく寝——」

俺は今起きましたよって感じの体を装って《迷彩偽装《カモフラージュ》》を解除。

「だけど、〝普通の女の子〟って感じで羨ましいわね……あ、じゃああり得ないと思うけど、もし覗かれてたらどうするのかしら？」

「生きていることを後悔させる。絶対に」

「そ、そう……なかなか過激なこた――あれ、いま向こうから声が……」

そして即座に、近くの茂みに飛び込んで姿を隠した。やべえ殺《や》られる。

イヴとリーナは「……覗き？」「嘘《うそ》、そんなわけ……」と声がしたほう――俺のほうに近づいてくる。やばいやばいやばい。

俺は特殊魔法の《高速思考》で思考を加速させ、必死に頭を回転させる。そして二秒後、この現状をなんとかする打開策を導き出した。あれを使ってああすれば……。

ガサゴソッとイヴが俺のいる茂みを搔《か》き分ける。すると――

『きゅ』

現れたのはかわいらしい鳴き声の、耳が垂れたのが特徴的なでっぷり太った身体の魔物――垂丸兎《たれまるうさぎ》の姿。

そしてすぐさま、その垂丸兎――というか魔法で垂丸兎に変身した俺は逃げるように駆け出し、その場を去ろうとする。……が。

「……」

『きゅ!?　きゅいい！　（な!?　離せ！）』

追いかけてきたイヴにむんずと摑《つか》まれ、持ち上げられてしまった。何すんだ止《や》めろ離せ今すぐ離せコラ！

俺はジタバタ暴れて逃げようとする。……しかし、がしっと摑まれているせいで逃げることができない。やばいやばいマジでやばい。

というのもこの魔法――《変幻《メタモルフォーゼ》》は一定時間の短い間しか変化できなく、更に俺自身がめちゃくちゃ苦手な魔法だからできて三分、調子の悪いときだと三十秒くらいしか行使し続けることができないのだ。つまりヤバい（絶望）。

イヴはそんな俺を、無表情でじーっと一心に見つめてきている。怖い怖い怖い。

「垂丸兎《たれまるうさぎ》じゃない……珍しいわね」

「おお⁉ それおいしいにくのやつかー？ じゃあ今日のごはんはおにくと魚だな！」

リーナが物珍しそうな眼を向け、魚を追いかけていたレティもやってきてそんなことを言う。お前の頭の中には今日の飯のことしかないのかよ。

俯瞰《ふかん》してみれば、今のこの状況は水着姿の美少女三人に囲まれ、つんつん触られたりしている、人によっては喜びそうな状況。既に俺の心は爆発寸前だ。もちろん心労で吐きそうって意味だ。

このまま《変幻《メタモルフォーゼ》》が解けてしまい、『クールで知的なイケメンD級冒険者』という俺のイメージが『美少女を覗くためだけに全力で魔法を使っていたやべえ変態』という不名誉極まりないイメージに塗り替えられてしまうのか……と絶望していると。

『きゅ、きゅいいぃぃ！ （ちゃ、チャンスゥゥ！）』

「あっ……」

不意に、イヴが摑んでいた両手を抱きかかえる感じの持ち方に変えようとしたのを見て、その一瞬の隙をついて脱出した。逃げろィ逃げろィ！

俺はそのままの勢いで文字通り脱兎《だつと》の如《ごと》く逃走。そして逃げることに成功。フゥ！

去り際、逃げ出した俺を見るイヴが僅かに眉を下げていて、なんだか悲しそうに見えたが……たぶん気のせいだろう。ほぼ無表情だったし。


「あ、危なかった……なんとか尊厳は保たれた……」

逃げ出した先。

《変幻《メタモルフオーゼ》》を解除し、念のため《偽装魔法》を自分にかけて魔力を限りなく薄くし、《探知魔法》に引っかからないようにする。人生終わるかと思ったナリ。

「さっさと結界から出ないと……あ、でも出るときバレないようにちゃんと《同調》も使わないと駄目か。めんどくせぇ……」

肩を落とし、結界の外に出ようと足を進めると。

「ん……なんだあれ。なんで〝精霊〟があんなに集まって――」

少し離れた河川の方向に……見える人にしか分からない様々な〝精霊〟たちが集まっているのを確認して、頭に疑問符を浮かべた。

水の精霊はまだ分かるけど……土や火、はたまた風の精霊もいる。何やら楽しげな雰囲気だし。なんだろう？

不思議に思い、近づいてみる。すると——

「ふふ、ありがとうございます。私もこのお話はお気に入りなんです。じゃあ次は——」

——そこには、〝天使〟がいた。

水を艶やかに滴らせた、白雪のように一切の穢《けが》れがない、真っ白な美しい髪。

紅玉《ルビー》石の如く赤く煌《きら》めく、朱色の瞳。

少し幼さを残しつつも可憐《かれん》な顔立ちに、シミ一つない白く滑らかな肌。

そして少女の周りを包み込んでいる、幻想的で美しい柔らかな魔力。

まるで——御伽噺《おとぎばなし》の一ページのような光景だった。何か一つの言葉に喩《たと》えるのであれば、間違いなく『天使』としか言いようのない、絶世の美少女。

「……はっ」

俺はしばらく、唖然《あぜん》として口を開けて見ていた自分に気づき、正気に戻る様に頭を振る。

やばい、何をやっているんだ俺は。何マジマジと見てんだ変態か。

その少女は一糸纏《まと》わぬ姿のまま、水浴びをしながら精霊たちと喋り、透き通るような美しい声色で創作話を柔らかに、読み聞かせをするように語っていた。

俺はすぐさまその場から離れようと足を動かす。……あまりにも幻想的な光景に呆気《あっけ》に取られてしまったが、これ以上見てたらただの変態である。

「あれ、でも──」

その場から急いで離れ、《結界》を抜けてから……思った。

「俺たちの中に、そんな人いたっけ？」

おかしいな。護衛依頼を受けている冒険者と、フィナの連れてきた使用人たちの中にもそんな人はいなかったような……？

「くっ……思い出すのは駄目だ。考えないようにしろ俺……！」

あの少女の姿を思い出そうとすると一糸纏わぬ美しい姿が想起され、急いで頭を振って思考を停止する。不慮の事故とはいえ、バッチリ覗《のぞ》いておいてそれは人間としてやばい。

今すぐ忘れよう。よし忘れたもう忘れた。

その後──俺は何食わぬ顔でウェッドたちの所に行き、昼休憩の時間を終えた。

そして、再びエタールへ向かうべく、俺たち一向は馬車を進ませるのだった……。

依頼を受けてから、はや五日が経《た》った。

護衛依頼はたまに魔物が出てくるくらいで特にアクシデントはなく、目的地であるエタールにはあと数時間で到着するという所まで来ていた。順風満帆である。

「ジレイー！　お前もこっち来て『とらんぷ』やろうぜ！」

休憩中にだらーっと寝転んでいると、ゴリラ――ではなく、ゴリラのような顔のウェッドが『とらんぷ』で遊ぼうと誘ってきた。

一緒に遊んでいた他の冒険者たちも、「一緒にやろうぜ！」「負けたら罰ゲームな！」とわいわいと楽しそうに誘ってくる。

「毎回負けるから嫌だ……てか、お前らイカサマしてるだろ。絶対にやらないぞ」

俺が睨《にら》むと、「な、なんのことだか」と言いながら下手くそな口笛を吹く冒険者たち。やっぱりやってやがったなコイツら。

……あれから、高級お菓子という名の餌をあげ続けているせいで妙に懐かれてしまった。事あるごとに菓子をクレクレしてくるし、ウェッドに至っては見た目に反してめっちゃ甘党だ。まあいっぱいあるからいいんだけど。気分は動物園の餌やり係である。

……というか、こいつら羽目外しすぎじゃないか？

これ曲がりなりにも護衛依頼なんだけど。依頼主のフィナも何の注意もせずに優雅にティータイムしてる。まるで緊迫感がない。ほのぼの空間極まってる。

しかし、そんな空間の中に鬱々とした雰囲気を発している人物が一人。

「よ、今日は『ぷりん』ってお菓子だけど、いる？　いらないなら他の人にあげるけど」

俺は今日も、体育座りで蹲《うずくま》る金髪の男――カインに話しかける。しかし結果は――

とりつく島もなく無言で立ち上がり、ふらっとどこかに行ってしまった。顔から魂抜けてたけど大丈夫か？

「…………」

毎日、こうして話しかけてお菓子の感想を貰《もら》おうとトライし続けているのだが、一向に歩み寄ってくれる兆しがない。貴族の男の意見は貴重だと思うから知っておきたいんだけど……。

「……またアイツに話しかけてたのか？　あんな高飛車野郎放っておけばいいのによ」

ゴリラみたいな顔の男――ウェッドは呆《あき》れ顔《がお》でそう呟《つぶや》く。何か思うところがあるようだ。

「まぁ、せっかくだし」

送る感想は多いほうがいいから。

「お優しいこって……でも無駄だと思うぜ？　あいつ、実家が偉いからって自分も特別だと思ってやがる。年齢の割には才能あると思うが……親のコネでB級になってたら意味ないわな。性根が腐ってやがる」

ウェッドは辛辣にカインを罵倒する。いくらなんでもそこまで言うか？　それに俺が優しいってどこ見てんだこのゴリラ。俺は基本的に自分のことしか考えてないぞ。

「ししょー！　それ！　その『ぷりん』ってあまり!?　たべていい!?」

ウェッドと話していると、ぷりんを食べ終わったレティがどたどたとこちらに走ってきた。俺は無言でぷりんを口の中に掻《か》き込む。絶望的な表情になるレティ。

その後、何事もなくワイワイと賑《にぎ》やかにエタールに向けて歩むこと三時間。あと数十分ほどで到着し、護衛依頼完了という所まで来た。

「――――！――――ッ!!」

そんな、あと少しで終わるという安堵《あんど》感に包まれ、名残惜しい声が上がる温かい雰囲気の中……遠くから、焦った声が聞こえてくる。

「ハァ……ハァ……た、大変だ！　エタールが……エタールが!!」

姿を現したのは、斥候として先行していた冒険者。

額には玉のような汗を浮かべて顔面蒼白《そうはく》になりながら、息を切らしつつ急いで何かを伝えようと、必死に言葉を吐き出そうとしていた。

「落ち着いてください……どうしたんですか？」

混乱しているのか支離滅裂な冒険者をフィナが宥《なだ》め、何があったのかを問いただす。

斥候の冒険者は何かに怯《おび》えているように声を震わせながら――こんな言葉を吐き出した。

「魔物だ……魔物が街を、街を占拠してる！」

三章　死者の街

それは——あまりにも、非現実的な光景だった。

空は紅《あか》く染まり、上空には霊魂が彷徨《さまよ》い飛び回る。

家々から漏れ出る光はなく、広々とした街道には誰一人として歩いていなかった。——人間は、だが。

歩いていたのは、朽ち果てた肉体に醜悪な外見の魔物——〝ゾンビ〟と、カラカラと音を立てる骨の魔物——〝スケルトン〟などの、アンデッドモンスターたち。

見える範囲だけで、五百体はいるだろう。街の全域で魔物の魔力を感じるので、数千体は超えているかもしれない。

斥候に詳しく聞いた後、俺たちはエタールまで馬車を急がせて真実なのか確認してみたら……この光景が広がっていた。なにこれ地獄。

街には入らず、近くの森の茂みに隠れて窺《うかが》っているので、アンデッドたちがこちらに気がついた様子はない。門からこちらに出ようとするアンデッドもいたが、エタール内の範囲結界にはじかれ引き返していた。

……おかしいな。なんで結界内にモンスターが？　結界くん仕事してないじゃん。

「なんだよこれ……！　どうなってんだよッ……!!」

そのあまりにも異様な光景に、冒険者たちは身体《からだ》を震わせる。レティたち勇者パーティーも顔を強張《こわば》らせ、緊張しているようだった。

しかし、これほどのアンデッドモンスターの量……自然発生とは思えない。考えたくはないが――

「まさかこれ全部、街の人間か……？」

実際、こんな数のアンデッドを召喚もしくは使役するなんて芸当は不可能だ。

俺も《召喚魔法》を少しは覚えているが、それでも人型で百体くらいが限界である。小さいネズミとかなら十万くらいいけるけど。使役するのに神経を使うので絶対にやりたくない。前にやって死にかけたし。

「……それ以外ない。こんな数を召喚できる術者がいるわけない。十中八九、街の人間」

イヴは僅かに動揺しながらも、冷静にそう告げた。

「だ、大丈夫です！　きっと、みんな安全な所に隠れているに違いありません！　あの人だって――」

「この光景を見て、よくそんな甘えたことが言えるわね？……誰も、生き残ってるわけないでしょ」

無理に明るい声を出すフィナを、リーナは冷淡に一瞥《いちべつ》する。

フィナは「そんなこと……」「でもあの人なら……！」と自分に言い聞かせるように呟くが……これればかりは、リーナが正しいだろう。さすがに、これを見て生きているとは思い難い。

俺はもう一度、エタールの街を見渡す。

老若男女問わず、生前の頃を想起させる姿をしたゾンビ。

骨となってもなお動き続けるスケルトン。

紅い空を飛び回る、人の姿をした霊魂――レイス。

おびただしいほどの血痕と、血肉が転々と落ちている街道。何者かに襲撃されたかのように倒壊した建物。

そして、何よりも異様なのが――アンデッドたちが人間のように動いていること。

貴婦人のような服装をしたゾンビは灯《あか》りのついていない喫茶店で談笑し。

子供の姿のレイスは楽しそうに街道を走り回り。

門番のように鎧《よろい》を纏《まと》ったスケルトンは、開放したままの門の前に槍《やり》を持って立っていた。

これが人間たちであれば、ただの街の一風景だったのだろう。それだけに、目の前のこの光景はあまりにも異常だった。

至る所にアンデッドが蔓延《はびこ》っているこの光景を見て、まだ街の人間が生きているとは考えられない。少しの生き残りはいるかもしれないが……ほぼ絶望的だろう。

戦うにしても、この魔物の量だ。道中で人攫《ひとさら》いと戦ったときとは次元が違う。

「むむ……ちょっとこれはむずかしいぞ……？」

難しそうな顔でアンデッドたちを見ていたレティがそう呟いた。どうやら戦おうと思っていたようだ。その瞳には勇者としての闘志が宿っている。

「お、おい！　逃げたほうがいいんじゃないか!?」

全員が目の前の地獄のような光景を信じられず、慄《おのの》いていると……カインが怯えながら、震える声でそう叫んだ。

「で、ですが！　もしかしたらまだ生き残りが……！」

「そんなのいるわけがないだろう!?　もうみんな死んだんだ!!」

カインは「早く逃げよう」としきりに騒ぎ立てる。

まあ……無理もないか。この異様な光景を見てしまったらしょうがないと言える。逃げたいと思うのは当然だ。

俺だってもう帰りたい。あと少しで依頼終了ってときにこんなわけ分からん光景見せられたら弱音も吐きたくなる。ふかふかのベッドでぐっすり寝ようと思ってたのに……。

……もう、浄化魔法の《不死浄化《ターンアンデッド》》でも全域にかけて帰ろうかな。そうしたらたぶん解決するような気がするんだけど。……いやでも、この魔物の量に対して行使するのはけっこう魔力使いそうだ。みんなの目の前でバレないように行使するのは難しそうだし……。

「逃げてぇなら……そうすればいいじゃねえか。帰ってスヤスヤ寝ればいい」

カインが逃げるなら俺も《不死浄化《ターンアンデッド》》だけかけてアンデッドを一掃して、あとは任せて帰って寝ようかなーとクズみたいなことを考えていると、ウェッドの言葉にギクリとする。

まさかこいつ、俺の心を？

「い、いや、別にそんなこと——」

弁明しようとすると。

「カイン、お前はまだ若い。別に逃げても何も思わねえよ」

どうやら俺に言ったわけではなさそうだ。心が読めるゴリラじゃなくてよかった。

「で、でも……僕たちが戦っても無駄死にだろ!? 何ができるって言うんだ!!」

「……確かに、あまり意味はねえかもしれねえ。だが、これほどの魔物の量だ。こいつらがどうやって侵入したかは分からねえが……幸い、今はエタールの範囲結界の中で抑えられてる。……でも、結界が壊れたらどうなる？ この魔物たちはどこに向かうと思う？」

「…………え？ ま、まさか……！」

カインはウェッドの言葉に目を見開き、信じられないと言ったように身体を震わせる。

周りを見てみると、冒険者たちやレティのパーティーメンバー、フィナたちも分かっているようで、なんか達観したような、これから死地に向かう騎士のような顔でみんな決意を固めていた。レティだけは「?」みたいなあどけない表情をしていて、俺と目が合ったらにぱーっと笑いかけてきた。かわいい。

ウェッドはカインをちらりと一瞥して、

「間違いなく——周辺の村や街、国に向かうだろうな。トゥルケーゼ、デモーニオ、オーラヴァ……一番近いのは、ユニウェルシア王国か? 救援を出すにしても、少しでも押し留《とど》めて時間を稼ぐ必要がある。……それに、ユニウェルシアには俺の家族もいる。逃げるわけには……いかねえんだよ」

ウェッドは震える拳を固く握って怯えを押し殺し、闘志を宿した瞳で、自分を鼓舞するように言葉を吐き出す。

「ジレイ、カインと依頼主の嬢ちゃんを連れてユニウェルシアまで救援要請を頼めるか? 勇者様は……悪いが、俺たちと戦って欲しい」

俺が腕組みをして壁に背中を立てかけ、「まるで魔物氾濫《スタンピード》だな……」と呟いて強者の風格を醸し出していると、ウェッドがそんなことを言ってきた。え……俺、帰っていいの?

「いえ……私は残ります。どうしても調べなきゃいけないことがありますので」

俺が「よし、じゃあ《不死浄化《ターンアンデッド》》をこっそりかけて、それで何とかなったら帰るぞ」と意気込んでいたら、フィナが決意を固めた顔でそう返答した。

「な、何でみんな逃げないんだ!? 怖くないのか! 命が、惜しくないのかッ!!」

カインは理解できないといったように周りを見渡し、震え声で叫ぶ。いやみんなじゃないけど。できることなら俺は早く帰って寝たいぞ。

ウェッドたち冒険者は「怖えよ。でも、大切な人を失うほうが怖いだろ？」とか「へへっ、ヒーローになるのも悪くねえかもな」とかなんとか言っていた。

カインはそれを見て俯《うつむ》くと、少しの間、逡巡《しゅんじゅん》するように沈黙する。

そして、怯えが交じった擦《かす》れ声で。

「…………僕でも、役に立てるだろうか？」

と、呟《つぶや》いた。

震える身体を必死に押さえながら、それでもカインの瞳には勇気の灯が宿っているのが分かった。だがちょっと待って欲しい。お前が逃げないなら俺は——

ウェッドはカインの言葉に驚いて目を見開き、

「……んだよ。根性あるじゃねえか。もちろん、大歓迎だ」

と照れくさそうに笑った。他の冒険者たちもカインのことを温かい目で見守っていて、少し柔らかな空気になる。

……だが、カインが逃げない、ということは、帰る候補は必然的に俺とフィナが連れてきた従者たちだけとなってしまうわけで——

——俺に「お前はどうする？」と言わんばかりの視線が集中したのは、言うまでもない。

「……お、おう。俺も戦うわ」

結局、俺も戦うことになった。

てか、他の冒険者たちとカインが勇気を振り絞って戦うって言ってるこの流れで一人だけ帰るとか心臓に毛が生えてないと無理だろ。俺だけ帰ったらめちゃくちゃ印象悪すぎるし帰れる雰囲気じゃないじゃんこれ。

こうして。

ウェッド率いる、C～A級の冒険者たち。

《攻》の勇者、レティとそのパーティー。

《言霊魔法》を使いこなす依頼人の少女、フィナ。

なんか強そうなフィナの護衛の仮面女。

ついでに俺（D級冒険者、やる気ゼロ）。

の『エタールアンデッド討伐隊』が編成された。

そして、非戦闘要員がユニウェルシアに向かったのを見届けた後（道中の護衛のためにB級の冒険者を付けて帰らせた。D級の俺にはそっちがいいとは言えなかった）、俺たちは作戦会議をすることになったのだった……。

「……これだけの数をアンデッドにするには、術者が必要。ならその術者を倒せばいい」

作戦会議が始まり少し話し合った後、イヴがそう提案した。さすがは白魔導士といったところか、死霊関係には詳しいようだ。

「どうやって見つけるかが問題だな……街の中を捜し回るにも、うじゃうじゃとアンデッドどもがいて動けねえし……お、そうだ！」

ウェッドは醜悪なアンデッドたちを苦々しげに見た後、妙案を思いついたかのような表情を浮かべ、俺のほうに顔を向ける。顔怖いからこっち見るな。

「ジレイ、お前が持ってた《探査》の魔導具なら見つけられるんじゃねえか？　人攫いたちもそれで簡単に見つけてくれただろ？」

期待した顔で俺を見るウェッド。正確には魔導具じゃなくて《探知魔法》を飛ばしていただけなんだが……まあいいか、やってみよう。

俺は《遠視》の魔導具を取り出し、前と同じように《探知魔法》を一帯に飛ばして探索を行う。……が。

「……駄目だ、分からん」

捜してみてもまったくもってそれらしい魔力を見つけることができず、そう答えた。

ウェッドたちが「そうか……」と残念そうに肩を落とす。

……変だな。これだけの数をアンデッドに変えるほどの術者となると、それ相応に保有魔力の量が高いはずなんだが……魔導具か何かで補助してるにしても、《探知魔法》に微《み》塵《じん》も引っかからないなんてあり得ない。

考えられるとしたら、かなり高度な《妨害魔法》や《偽装魔法》、《隠蔽魔法》をかけているくらいしかない。《探知魔法》の最上位魔法である〝アレ〟なら、それでも魔力量さえ勝ってれば探知できるんだけど……俺は覚えていないからできない。

俺たちが頭を悩ませ、考えていると。

「…………私に、考えがあります」

先ほどまで逡巡したように俯き、黙って聞いていたフィナがそんな声を出した。

「依頼人の嬢ちゃん、何か妙案でもあるのか？」

「はい、私の《千里眼》を使えば……」

「ラフィ――フィナ様！　いけません！」

焦ったような声で、護衛の仮面女がフィナを止めようとする。

しかし……フィナはそれを有無を言わさぬように手で制し、自らの左手人差し指に着けている指輪に手を当てて――

「私――ラフィネ・オディウム・レフィナードが、《千里眼》で術者を捜し出します」

と宣言し、その指輪――《変幻の指輪》を外した。

それと同時、フィナの姿が幻のようにぐにゃりと揺れ、眩《まばゆ》い光を放ち始める。

そして、光が徐々に収まって。

「――ッ!?」

その姿を見た俺たちは、驚きのあまり思わず息を呑《の》んでしまった。

――艶やかな黒髪は新雪のように白く、美しい白髪に。

――元々整っていた外見は、少し幼さを残した顔立ちになりつつも更に可憐《かれん》に、美しく。

俺たちが驚いたのも当然のことだと言える。

その容姿はまるで……『絵画から飛び出してきた天使』と言われても誰一人疑わないであろう、絶世の美少女だったのだから。

フィナ――改め、ラフィネが正体を明かした後も、しばらくの間、誰も言葉を発しなかった。冒険者たちはあまりの驚きにポカーンと口を開け、間抜け面をさらしている始末だ。

俺も驚いた。その容姿もそうだが、なんたってその名前は――

「王女様、だったのね」

リーナが鋭い視線をラフィネに向ける。

「……はい。正体を明かしたくはありませんでしたが……この状況ですので」

――『ラフィネ・オディウム・レフィナード』

ユニウェルシア王国第四王女で、最も市民に支持されている王族。

それもそのはずで、儚《はかな》く可憐な美しい容姿に《探知魔法》の最上位である《千里眼》を唯一、王国で使えるという才知。その上、国民にも親しげに接してくれるとなれば……もうアイドルのような扱いだった。俺が知っているのだけでもファンクラブが五つもある。人気すぎだろ。

しかし――そんなラフィネも、ユニウェルシア王国の王女である以上、いつかは名だたる貴族か、魔王を倒した勇者のどちらかと結婚しなければならない。

ファンクラブの会員たちは嘆いた。それはもう嘆き叫んだ。

どこの馬の骨とも分からない奴《やつ》が、愛《いと》しの王女様と結婚するかもしれないのだ。そんなの許せるわけがない。……まあ、一部の変態は逆に興奮していたりしたのだが、それらの豚はすべて会員に粛清されたから今はいない。南無！

会員たちの行き場のない怒りが溜《た》まりに溜まっていき……そしてついに、暴動が起きた。

あれは確か……六年前。

俺は修行時代真っ盛りだったので実際に顔を見ていないのだが、「九歳の幼女に興奮するとかこいつらやばくね」と当時の俺はドン引きしていた。

だが成長した今、色んな趣味の人がいると知ったのでそれも一つの愛の形だと思っている。ラブアンドピース！

暴動が激化し始め、どうにかせねばと王国は考えた。

そして、幾つものファンクラブ（男女比八：二）を束ねる男――ユニウェルシア王国の王様である、ピラール・オディウム・レフィナードは会員たちを集め、こう言った。

『そこまで言うなら、勇者や貴族になればいいだろう』

と。

風の噂《うわさ》では、ピラールは超絶親バカでラフィネを溺愛しており、誰にも……それこそ、魔王を倒した勇者にも渡さないと言っているらしいが、ファンクラブ会員たちはただの噂だろうと一蹴していた。

そこから、ラフィネと結婚したい変態たちは武や商で成り上がろうとした。ユニウェルシア王国の戦力や流通がここ数年で急速に発展したのは、間違いなくこれのせいと言えるだろう。なんかもう色々とついていけない。たぶんこいつらバカだと思う。

……しかし、結婚した奴は苦労するだろうなぁ。もしかしたらファンクラブに命を狙われたりして……？　ま、俺には関係ない話だが。

というか……そうすると、あのときに水浴びをしてた天使みたいな少女は目の前のこの王女様だったということになる。白髪だし顔一緒だし。つまり覗《のぞ》いてたとバレたら俺は不敬罪で死ぬこととなる。全力で隠すぞ。

いやでも、そんなの分かるわけがないだろう。だって普通、国の王女様がこんな所にいるなんて発想すらしないし。思ったとしても「いやいや、そんなのあるわけないないな～い♪」ってまともに考えない。

「ラフィネ様！　自分が何をしているのか分かっているのですか！　狙われてるかも知れないのに、こんな所で正体を明かすなど――」

「シオン、『黙りなさい』」

ラフィネが声に魔力を乗せ《言霊魔法》を行使すると、仮面の女――シオンは強制的に口を結び、声を出すことを封じられる。

「この状況でそんなことを考えても仕方がないでしょう。それに……姉様たちも、私たちがエタールにいることは知らないはず。何の問題もありません」

ラフィネがそう言うも、シオンはまだ何かを言いたそうに口をモゴモゴさせていた。

……が、封じられているので声が出せないようだ。

……そういえば、風の噂でラフィネをよく思っていない王女がいるとかなんとか聞いたことがある。なんでも、暗殺するために凄腕《すごうで》の暗殺者を雇っているらしい。まあ噂は噂だ。もしいたとしてもこんな所にいるわけがない。

「それで――私の《千里眼》を使って術者を捜したいのですが……どうでしょう？」

「え、ええ。いいんじゃないかしら」

リーナは少し動揺したように、声を揺らす。……ん？　なんかちょっと、リーナの纏《まと》う雰囲気が変わった気がする。気のせいか？

「では、始めます……『大気に満ちる数多《あまた》の精霊よ、〝ユニウェルシア王国第四王女〟ラフィネ・オディウム・レフィナードが命じます。私に万里を見通す神の瞳を与えなさい』

──《千里眼》」

フィナは地面に膝をつき、両手を胸の前で組んで詠唱を行う。

「これは……すごいな」

俺はその、フィナの周りのキラキラと光り輝く魔力の奔流を見て、思わず感嘆の声を漏らしてしまった。

本来はもっと長いはずの《千里眼》の詠唱を省略できる才覚もそうだが、それよりも濃密で繊細な魔力を完璧にコントロールしているのが人間技じゃない。

溢《あふ》れ出す魔力の質も高く、量も尋常じゃないほどに多い。Sランクの魔導士に匹敵するほどの魔力量だ。すごい。

そして……《千里眼》は《探知魔法》の最上位魔法なだけあって、その効果は凄《すさ》まじいの一言。

どんなに遠くても、魔力の残留を辿《たど》って場所を特定できるし、残留魔力がなくても、顔か名前、身長や髪型、体形や剣の流派など。様々な条件を指定し、当てはまる人物を捜し出すことができる。

ちなみに、コップなどの無機物やモンスターにも適応できる。これさえあれば何かなくし物とか落とし物をしても一発で分かるからめっちゃ便利だと思う。

弱点としては……高度な《妨害魔法》や《偽装魔法》、《隠蔽魔法》に弱いという点。そして、対象の魔力量が自分の魔力量とあまりにもかけ離れていると探知できないことか。

あと、とんでもなく魔力の密度が高い空間にいると捜せない。

まあ……そんなのはここからずっと北にある未踏破区域――ラスヴェート大陸くらいだろう。S級指定の竜とかがうじゃうじゃいる大陸で、魔王がいるんじゃないかって噂されてる魔大陸でもある。

俺も前に行ったことがあるが、魔物が多いし強いしで死ぬかと思った。当時の俺は嬉々《きき》として狩りまくってたけど、今となってはもう二度と行きたくない。

あと実は、俺も前に《千里眼》を習得しようとしてたときがあった。

……のだが、なんか難しそうなことがいっぱい書いてあってめんどくさすぎてやめてしまった。だって習得するために百冊くらいの術式本なんて読みたくない。俺は本を読んで理論を学んだりはするが、基本的に見て学んで身体《からだ》で覚えるタイプなのだ。

しかし、《千里眼》は術者がほぼいない。なので、見て学ぼうにも機会がない。めちゃくちゃ使える魔法なのにしぶしぶ諦めざるを得なかった。

「――――ん？」

そこまで考えて、あることに気づく。

「もしかして……ラフィネの見て学べば、使えるんじゃね？」

ラフィネが集中して《千里眼》を行使し、周りが緊迫した様子で見守る中……俺はできるか試してみることにした。

えっと、こんな感じの術式構造で……魔力はこのくらい。

詠唱は……しなくていいか。昔はちゃんと一節ずつ頑張って覚えて綴《つづ》ってたんだが、ある時期から見て覚えて実戦しまくったほうが上達したので使わなくなったのだ。

……そういや、こうやって見て覚えるようにし始めたのって確か……〝この剣〟を拾った時期あたりからだったたっけな。……まあいいや。どれ、やってみよう。

「――《千里眼》」

それっぽく術式を真似《まね》て魔力を作り、エタール内の魔力の残留から、術者を捜すべく集中する。すると――

「……後ろ？」

なんとなく、後ろに術者を感じた。

続けて通常の《魔力探知》もしてみるが……俺たち以外に反応はない。

俺は「まさかね……」と思いながら振り返る。

「――!?」

視界に入ったのは、森の風景とはかなり場違いな豪華な腰掛けにどっしりと座る、半透明の大きな骸骨の姿。ただのスケルトンではなく、その身体からは膨大な魔力が溢れ、相貌からは風格のようなものが漂っていた。

骸骨は頬に手をつき、こちらを笑うように、カタカタと頭蓋骨を揺らして観察していた。何こいつキモい。

少し透明なのは、高度な《偽装魔法》を使っているからだろう。さっきまで気づかなかったのは……それが原因か。

周りを見渡す――他のみんなは気づいていないようだ。

ラフィネの《千里眼》に引っかからないのも、こいつの魔力量があまりにも高すぎるということだろうか。Sランク相当の魔力量を持つラフィネ以上となると――SSランクにも匹敵する。でもそれだと、伝説級の魔物ということになってしまう。

「…………やっぱり、こっちから行こうかな」

俺が警戒していると、骸骨は腰掛けからのっそりと立ち上がり、ぼそりと呟《つぶや》く。

そして、《千里眼》の行使で集中しているラフィネたちの前に移動し、一度大きく深呼吸をして――

「ククク……愚かな人間ドモヨ。ワタクシ――魔王軍四天王の一人、【死喰《しぐい》】のカーフェスが永遠の眠りに誘《いざな》ってあげまショウ――」

自分にかけていた《偽装魔法》をなぜか解き、膨大な魔力を解放したあと……大仰に手を広げて自身の存在を露《あら》わにした。

俺はそれを見て、こう思った。

――あ、コイツ、バカだわ。

と。


魔王軍四天王を自称するその骸骨は、俺たちの前に姿を現して愉悦そうにカタカタと骨を揺らす。

「――――え？」

ラフィネたちは急に目の前に現れた骸骨に混乱し、理解が追いついていないのか、唖然《あぜん》とした表情を浮かべた。

「ど、どうして!? 《千里眼》には何の反応もなかったはず……!?」

ラフィネは目を揺らし、信じられないと言いたげな顔で骸骨を見る。

「フフフ、実に哀れでス……あの程度でワタクシを見つけられると思うナド……全然見つけて貰《もら》えないノデ思わず出てきてしまいましタヨ……！」

「くッ……！」

ラフィネは悔しそうに歯噛《はが》みし、地面を蹴って骸骨と距離を取ったあと、護身用の剣を抜く。冒険者とレティたちも一瞬で骸骨から離れて剣を構え、対峙《たいじ》する形になった。

緊迫した状況。……なのだが、さっきの骸骨の一部始終を覗き見してしまったので、俺にはコントのようにしか見えなかった。なんか気まずい。

「これでも喰《く》らいやがれ！《空刃斬》!!」

俺が微妙な気持ちになっていると、先手必勝と思ったのか冒険者の一人が飛び出した。そして、風魔法と剣術を組み合わせた剣技――《空刃斬》を骸骨に向けて発生させる。なかなかの練度の《空刃斬》。

達人は風魔法の補助なしでも行えるのでそういう意味では遠く及ばないが、発生速度と威力はなかなかのもの。

男の放った渾身《こんしん》の《空刃斬》は骸骨の胴体に向けて勢いよく飛んでいく。だが――

「……効きませんネェ。その剣、おもちゃですカァ？」

《空刃斬》は骸骨の身体に張られていた防護結界によってキンッ！ と弾《はじ》かれてしまった。

男はその光景が信じられず目を剝《む》く。

骸骨はそれを一瞥《いちべつ》してカタカタと不気味に笑い、

「効きませんガ………アナタみたいな方、嫌いなんですよネェ」

「……はぁ？　そんなの――」

男がそう言い終わる前、骸骨はその骨しかない細い腕を男の方向へ向ける。すると――

ドンッ、
と鈍い音が響いた。

「――ぇ」

男は自分の身体をゆっくりと見て、擦《かす》れた声を漏らす。

そして――ドサッと地面に崩れ落ちた。胴体にぽっかりと大きな穴を開け、地面に血溜《だ》まりを作りながら。

「下等な人間如《ごと》きが、高貴なワタクシに歯向かわないでくれますカァ？」

骸骨はニタリと顔を歪《ゆが》ませ、見下ろしながらカカカと愉悦に笑った……。


「……か、《回復魔法》を！　早く！」

男がふらりと地面に倒れる瞬間を、ただ茫然《ぼうぜん》と見ていたラフィネたちは、ようやく事態を飲み込めたのか切迫した声色で叫んだ。

「――《上位治癒《ハイヒール》》」

それより数瞬早く動いていたイヴが、白魔導士の上級魔法を使って男を癒す。イヴの素早い対応のお陰か、男の胴体に開いていた大穴がみるみるうちに塞がっていった。

今の魔法……魔力弾か。

俺がギリギリ反応して威力を和らげたのに、それでもあの威力。とっさの反応だったから《結界魔法》が使えず、魔力の塊で防いだのであまり軽減できなかったとはいえ……凄まじい威力だ。

イヴが男を《回復魔法》で癒してくれているから死にはしない。が、倒れた男が危ない状態なのは変わらない。一次的に応急処置として穴を塞ぎ、仮の臓器を生成したみたいだが、本来なら白魔導士数人が集中して治療しなければならない状態だ。すぐに治療院に運ぶ必要がある。だが――

「さテ……これで、自分たチの立場が分かりましたカ?」

この骸骨がいる限り、それは不可能だった。

俺はちらりと倒れた男を見て、どのくらい保つかを《演算》で計算する。……死亡推定時刻まで残り十二分四十二秒ほど。イヴの延命治療込みなら……二十五分十二秒。それなら――大丈夫か。だが、ここで目立つのは……。

「わたしが相手だ悪いやつめ！　この聖剣ぐら……ぐら？　ぐらるべるど？　なんかちがうよーな……まあとにかくこの剣でおまえをめったためたにする！　覚悟しろ!!」

俺が悩んでいると、レティがずずいっと俺の前に出てきて骸骨に聖剣の剣先を向け、そ

う宣言する。……てか、聖剣の名前忘れんなや。それ剣だけどちゃんと意思あるんだから
な。
　レティは宣言した後になぜかこちらを振り向き、ムフーッとどや顔で見てきた。こっち
見るなあっち向け。
「ほう、聖剣…………聖剣？　それにしては随分としなびてまスガ……まあいいでショウ。
ということはアナタは今代の勇者の一人なんですネ？」
「そうだ！　そしてこっちがわたしのししょう！　おまえの百億倍くらい強い人だ!!」
「……百億倍？　ククッ……面白い冗談デス」
　骸骨はレティの言葉に骨をカタカタと震わせて笑う。
　そして俺をちらりと一瞥して、「こんな死んだように眼《め》が濁ってる男ガ強いわけないで
ショウ？」と肩をすくめた。何こいつむかつく。
……てか魔族から見ても眼が死んでるように見えるのか？　お前のほうが眼球ないし骨
だしで文字通り死んでると思うんだけど？　喧嘩《けんか》売ってる？
「ククク……では、お遊びはこのくらいにしましょうカネ——時間稼ぎしている人が、い
るようですシ」
　骸骨はラフィネたちのほうへ顔を向ける。時間稼ぎ？　何のことだ？
　骸骨の視線の先は、こちらを警戒しながらも倒れた男に治療を施しているイヴ——では

なく、その横にいた――リーナに向いていた。

「アナタ……さっきから気づかれないように魔力を練っているでしョウ？　ワタクシには分かるんデスヨォ？」

「――ッ!?……気のせい、じゃない？」

リーナは一瞬だけ驚いた表情を見せてすぐに戻し、気丈に骸骨を睨《にら》んだ。どうやら何かやってたらしい。骸骨のことを警戒してたから全然気がつかなかった。

「それに……早く〝魔王様〟に報告しなきゃならないのデ。アナタたちと遊んでいる暇なんてないんですヨ」

カタカタと骨を鳴らし、そう言う骸骨。

「――魔王様が言っていた〝黒髪勇者〟も始末できましたシ、〝欲しいと言っていたモノ〟も街ごと手に入れまシタ……アア、魔王様、喜んでクレルでしょうネェ……！　ホメてくれるでしょうネェ……!!」

骸骨は恍惚《こうこつ》として両手を掲げ、興奮したように声を荒らげる。なんかハァハァしててめっちゃきもい。というか〝黒髪勇者〟って――

聞き覚えのある単語だなと思っていると。

カランッ。

と剣が落ちたような金属音が鳴った。

持っていた剣を取り落としたラフィネが、聞こえないくらいの微《かす》かな声で茫然と呟く。

「う……嘘《うそ》、ですよね……？　あの人が死ぬわけが――」

「なんでワタクシが人間如きに嘘をつくんデス？　ほら――あそこにいるでショウ？」

目を動揺に揺らしながら、縋《すが》りつくように聞くラフィネに骸骨はそう言って、エタール内の喫茶店、オープンテラスの奥のほうに座っている一人のゾンビを指さした。俺と同じ――黒髪のゾンビを。

「実に弱かったでスネ……勇者の癖に聖剣の加護が脆弱《ぜいじゃく》で……羽虫かと思いましタヨ！」

骸骨は邪悪に顔を歪ませ、カタカタと嘲笑《あざわら》う。

それを聞いたラフィネは、絶望したうつろな顔で、支えを失ったかのようにガクンと地面に膝をついた。

「……………う、嘘です。そんなの嘘。嘘に決まってます。あの人は私のヒーローで……運命の人で……あの人が死ぬなんてこと……」

「おやァ？　アレ、アナタの恋人だったんですカ？　それは申し訳ないことをしましたねェ……まあ、アレが弱すぎるのがいけないんですよオ？」

「………………そん、な」

「ラフィネ様！　お気を確かに持ってください！　所詮魔物の戯言《たわごと》です!!」

「…………え？」

糸が切れた人形のように反応がなくなったラフィネを、シオンが正気に戻そうと声をかけ続ける。

しかし、ラフィネの瞳に光が戻ることはなく、魂が抜けたようにうつろになっていた。

「少し時間が取られてしまいましたネ……そろそろ、終わりにしましょウ。まずは――《超過重力《ベザードグラヴィティ》》」

骸骨は《重力魔法》の帝級魔法、《超過重力《ベザードグラヴィティ》》を詠唱する。

すると――

「グッ……!? な、んだこれ。身体《からだ》が、重く……!!」

「おお？　からだが、動かないぞ……？」

「……何、これ」

「…………くっ」

詠唱と同時に、周囲の重力が何倍にも高くなり、地面に縫いつけられてしまった。

地面に倒れ伏しながら周りを見る――ウェッドやレティ、イヴにリーナ……ここにいた全員が、地面に倒れている姿が見えた。

「クク……これでアナタたちはもう逃げられませンねェ」

愉快そうに笑う骸骨の声を聞きながら、思考する。

この骸骨の力は――正直、予想以上だった。あんな間抜けな登場をしてきたから、完全に油断していた。ウェッドたちA級冒険者と勇者であるレティがここまで何もできず、圧倒されるほどの相手はそうそういない。

……この護衛依頼で俺は、D級冒険者としてできるだけ目立たないようにするつもりだった。そもそも俺は、ぐうたらのんびりしたいためにD級冒険者になったのだ。立場があると色々な責任が伴い、本末転倒になるから。階級を上げるための昇格試験がめんどくさかったのもあるけども。

ぐうたらしたい俺の人生プランに、この無駄に強くなった力は必要ない。だから、この護衛依頼でも必要なとき以外はウェッドたちに任せるつもりだった。カインのあの言葉もそう間違ってはいない。

しかし、どうやら……そう言ってはいられないらしい。

本当はやりたくない。周りに冒険者たちがいるこの状況で、D級冒険者の俺が目立つようなことはしたくない。何よりめんどくさい。やりたくない。

だが──

「……仕方ないか」

俺はそう呟《つぶや》きながら、立ち上がった。全身に何倍もの重力魔法をかけられた状態で。

「ん……？　なんでアナタ起き上がれるんデス？　かけ忘れですかネ？──《超過重力《ベザードグラヴィティ》》」

骸骨は俺だけを対象に、もう一度重力魔法を使う。

俺の全身にさらに何倍もの重力がかかった。

おそらくこの重力……合わせて二十倍くらいか。でもまあ……このくらいなら、まだぜんぜん動けるレベル。むしろ、ここ最近の肩こりがちょうどよく解《ほぐ》されて気持ちいい。もっとやって欲しいぐらいだ。

骸骨は「またかけ忘れ……？」と重力魔法を使う。

しかし、俺はまったく倒れない、肩こりがとれて心地いい気分。

骸骨は不思議そうに、何度も何度も《超過重力《ベザードグラヴィティ》》をかける。

どんどんと全身の重みが増していって——ついには、推定で百倍くらいになった。なんかもうここまで来たらどこまでいけるのか試したくなってきた。

俺はそのままかけられ続ける。

そして、たぶん五百倍を超えたくらいで骸骨がゼェゼェと息を切らしながら。

「な、なんでッ！　効かないいんデスカッッ!!」

と叫んだ。めちゃくちゃ理解できなそうな顔で。

骸骨は叫んだあと、少しの間、思案し始める。そのあと結論が出たのかこう言った。

「……ははァ、そういうことでスか、アナタさては……《重力魔法無効《グラヴィティインヴァリッド》》の魔導具を装備していますね？　それも、かなり高度な魔導具——《古代遺物《アーティファクト》》相当のものを……！」

「いや、持ってないが」

いま装備してる魔導具なんて……ポケットに入れてる財布型のお金収納魔導具くらいだ。

いやこれマジ便利。落としてなくしても所有者のもとに戻ってくる優れモノ。

これのお陰で財布をスられても無問題。スろうとした奴《やつ》の財布を報復としてスリ返して俺の懐も潤う。最高の魔導具である。

正直、《異空間収納《アイテムボックス》》に入れればスリとか気にする必要はないんだが……それだと取り出すときにめちゃくちゃめんどくさいのである。

俺の《異空間収納《アイテムボックス》》は整頓せずにいつも放り投げてるので、捜すのにけっこう神経を使う。だから、よく使うやつはいつも身に着けているのだ。そもそも財布捜すのに時間かけたくないし。

あと一応、《重力魔法無効《グラヴィティインヴァリッド》》の魔導具も持ってるけど……《異空間収納《アイテムボックス》》の肥やしになっているから使ってもいない。こいつは何を勘違いしているのだろう？

「フフフ……強がりはもういいですヨ。本当は全員、生きたままアンデッドにする予定でしたガ……アナタには無残に死んで貰《もら》うことにしましょウ――《深淵黒炎《テネブライフランマ》》」

骸骨はそう言って、手のひらから黒い炎を作り出し、こちらにゆっくりとした速度で射出する。何の魔法か分かんないけどなんか弱そう。

「なんだこれ？　こんなの――」

俺はふよふよと遅く飛んでくる黒炎を見て、あんまりにも弱そうなので手で叩《たた》き落とそうとした。

しかし。

「――ッ！　駄目だジレイ！　避《よ》けろ!!」

倒れ伏していたウェッドが何かに気づいたように叫ぶ。……え？　避けろって、もう目の前なんだけど。

叩き落とそうとするポーズのまま固まる。そして、黒炎が眼前に迫ってきて――

――触れた瞬間、黒炎が膨張し、俺の身体を勢いよく包み込んだ。

「……ジ、ジレイ……？　ジレイィィイッッ！！！」

「なに？　うるさいんだけど」

ウェッドは、戦友を目の前で殺された男みたいなリアクションで叫び、あまりにもうるさかったので、俺は注意する。

すると、ウェッドは信じられないものでも見るようにこっちを凝視した。他のみんなも同じ顔をしている。

「……ぇ？　いやお前それ……え？」

俺は自分の身体《からだ》を包んでいる黒い炎をちらりと見て、ウェッドが何を言いたいのかを理解する。

「大丈夫だ。俺、龍のブレスにも耐えたことあるから」

「龍……？　はぁ？　いや、そもそもお前生きてるのか？　その状態で？」

「いちおう生きてる」

「ぇえ……？」

ウェッドは意味が分からないとでも言いたげな顔。

「てかさっきからよく見えなくて邪魔ッ！」

俺は黒炎を摑《つか》んで身体からはがし、地面に叩き落とす。……よし、これでよく見えるようになった。そもそも、今の時期はこんなん纏《まと》ってたら暑くて仕方がない。ちょっと汗かいてきたじゃないかどうしてくれる！

「あ……あり得ないでス！　わたし……ワタクシの《深淵黒炎《テネブライフランマ》》が、掻《か》き消されるなどッッ!!　ア、アナタ他にも無効にする魔導具を着けていますネ!?　そうでしょう！？？」

「だから、着けてないって」

しつこいなコイツ。

というか、俺のどこ見てもそんなもん着けてないって分かるだろ普通。それに、お前のほうが指輪型の魔導具とかネックレス着けてるじゃん。めちゃくちゃドーピングしてるし魔導競技だったら一発アウトで退場もんだからなそれ。

「そ、それナら他の属性魔法を使うまで！　《禍患龍水《カラミテイヒユドール》》！　《業命棺岩《カルマペトラー》》!!　《死滅暴風《デスウラガーノ》》！！！」

骸骨は次々と魔法を撃ち出してくる。

俺は《禍患龍水《カラミテイヒユドール》》を手で叩き落とし、《業命棺岩《カルマペトラー》》を足で天高くまで飛ばし、《死滅暴風《デスウラガーノ》》を魔力を込めた吐息で相殺させた。

その後も色々な種類の魔法を打ち出してきたが、そのすべてを小指とかデコピンとかで難なく相殺させる。

「ハァ……ハァ……な、なにコイツ…………し、仕方ありませン。これだけは使いたくなかったですガ……」

骸骨は信じられないようにこちらを見て驚愕《きょうがく》し、肩で息をしながら、次の魔法の詠唱を始めた。どうやら奥の手があるようだ。ちょっとワクワクする。

「――『深淵《しんえん》に宿りシ闇霊よ。死生を司《つかさど》ル輪廻《りんね》よ。魔の王に仕えシ死の選定者〝ユーリ・ヴァストールク・カーフェス〟が命じまス』――」

骸骨の足元に魔法陣が展開され、一節、二節、三節と詠唱が完了していく。

まだ行使していないにもかかわらず、風が吹き荒れ、鳥が飛び去り、絶大な魔力に当てられて肌がひりひりと痺《しび》れる。

「――『生者にハ絶対的な死ヲ。死者にハ永遠の苦しみヲ。愚かナル弱者にハ――虚無と終焉《しゅうえん》ヲ』――《滅月災厄《エクリプスカタストロフ》》」

そしてついに、詠唱を終えた。

帝級魔法に必要な六節よりも多い――七節、〝神級魔法〟を。

俺は想像以上の魔力の奔流に身構える。だが――

「…………あれ?」

少し経《た》っても何も起こらなかったのを見て、思わずキョロキョロと周りを見渡し、変化がないか確認する。

でも何も変わった様子はなく、行使前と同じ光景。……ただのこけおどしか?

もしかして発動できず失敗したのかなと思っていると。

「……ぁ……ぁあ……」

誰かが、微《かす》かに声を漏らした。

振り返り、ウェッドたちを見る。

ウェッドたちが見ている方向は俺でも骸骨でもなく――上空。

俺も空を見上げる。そこには――

――黒々とした闇の炎球が、視界を埋め尽くしていた。


「……お、終わりだ……もう終わりだ……」

わなわなと絶望的な表情で震える冒険者たち。

俺は炎球を見ながら少し考え、呟く。

「まあ……たぶん大丈夫だろ」

右手にグッと魔力を込める。

そして、上空にある炎球の方向に手のひらを向けて――

「…………………は？」

――術式に干渉して、パッと消滅させた。

「……な、なななな、なにそれぇ!?　えぇ!?　なんで!?　なんでなんでどういうことぉ！？！？」

骸骨はぽか～んと口を大きく開けて下顎を地面に落とし、間抜けな顔になったあと、理解できないと言いたげに喚《わめ》く。

……あれ？　なんかお前キャラ変わってない？　そんなんだっけ？

「お前……口調……？」

指摘すると、骸骨はハッとした顔になり。

「く……クク、何デモナイデス……」

と言った。心なしかさっきよりも口調にカタカタが多い気がする。

ごまかすようにゴホゴホと咳《せき》ばらいをする骸骨。

「い……意味が分カラナイデス……何なンデスかアナタ？　本当に人間デスカ⁇　もしかして魔人だったんデスカ？？？」

「いや……どこからどう見ても人間だろ。おら見ろこのイケメンフェイス。俺のどこが魔人なんだよ」

角も生えてない。肌も健康的な肌色。尻尾も翼もない。おまけにこんなイケメンである。

なぜか「顔はいいけど眼《め》が濁ってるからマイナス！」と評価されることが多いけど、そんなことは些細《ささい》な問題だ。

言ってきた奴の財布盗んで勝手に全額孤児院に寄付したりしたが、ほんとに一ミリも気にしてない。ほんとに気にしてない。

　骸骨は「イケメン……？」と疑問符を頭に浮かべているが、誰が何と言おうと俺はイケメンである。イケメンなのである！！！

　というか、そんなことよりもこいつ。

「……お前、もう魔力なくね？」

「……？……ッッッ！？？」

「え？」みたいな顔から「あ……ああああ！」と今気づいたような顔に変える骸骨。

「そ……そんなコトないですヨ？　ほ、ほらいっぱい魔力あるし……まだまだ魔法撃てるし……！」

「……」

　一歩近づく。骸骨が一歩下がる。

「…………」

　今度は三歩近づく。骸骨が六歩下がる。

「ちょ、ちょぉーっと待ったぁ！……ンンッ、い、一旦止まりマショウ。…………何でこんなことに……わたしが人間なんかに負けるわけが…………人間？　あっ！」

　停戦を提案した後に小声でぼそぼそと呟《つぶや》き、閃《ひらめ》いたと言わんばかりに顔をパッと明るくさせる骸骨。

「ククク……そうデス。アナタも所詮は〝人間〟、でハ――これはドうでショウ？」

骸骨はそう言って、指をパチンと鳴らす。すると――

「……ぁ……ぁぁ……！」

重力魔法で抑えられていた男、カインが立ち上がり、骸骨を守るように立ちはだかった。

「ち、違う！　僕は、僕はこんなこと……!!」

カインは自分の意に反して動く身体に混乱し、恐怖に顔を歪《ゆが》ませる。

「クク……アナタも所詮は〝人間〟、残魔力で《操作魔法》を使いましたガ……ちょうどよく魔力がほぼない、脆弱《ぜいじゃく》な人間がいテ助かりましたヨォ。どうデス？　仲間を人質にされて、何もできないでショウ？」

骸骨はさっきまでの様子と一転させ、愉悦に笑った。

倒れ伏している冒険者たちも、沈痛そうな、悔しそうな顔で骸骨を睨《にら》んでいる。……仲間？　いや、別に……。

俺は一呼吸置いて、言った。

「別に、そいつ仲間じゃないぞ」

「…………………え？」

俺の言葉で、場がシンと静まり返った。

「…………は？　いやいや、仲間でしょウ。え？　仲間じゃない？……アナタ仲間じゃないんですカ?」

骸骨がカインに向けて問う。カインは顔面蒼白《そうはく》でフリーズしている。

「じ……ジレイ！　カインはもう仲間だろ!?　こんなときに冗談言ってんじゃねぇよ!!」

ウェッドが倒れ伏したまま叫ぶ。

……え、仲間だったのか？　普通にこの依頼限りの関係だし、よくて知人で悪くて他人だと思ってたんだが。

そもそも俺、仲間とか友人とか恋人とか、修行で忙しくてできたことないし……そうか、これって仲間だったのか。

「な、なんて非道な奴《やつ》デス……！　まるで悪魔みたいな人間デス!!」

「鏡見たことある?」

骨だしエタール壊滅させるしでお前のほうが悪魔だろ。

「く、クク……で、ですが……さすガにアナタも、人質がこの男だけジャナイとしたらどうデス?　それコソ――この、エタールの住民すべてだったとしたラ、どうシマスか?」

骸骨は死者の街と化したエタールを一瞥《いちべつ》して、そう言った。

「は?…………ああ、そういうことか。どうりで――」

一瞬、何を言っているのか分からなかったが、エタールをちらりと見渡して、骸骨の言葉の意味を理解する。

「──《虚言結界》か。確かに、条件は満たしてるな」

「ほウ、なかなか頭が切れル……その通りデス！　準備に時間ガかかりましタガ……素晴らしいデショウ？」

──《虚言結界》。

それはその名の通り、指定範囲に嘘《うそ》の理《ことわり》を作り出す結界。

結界内に捕らわれた者は、術者の作り出した世界の理に従うことを強制され、幻想の世界で踊り続ける。

指定する理に応じて、条件がある魔法だが……なるほど、そういうことか。だからアンデッドたちが……。

「条件は【紅《あか》き空】【倒壊した建物】【おびただしい血痕】【転々と落ちた血肉】指定した理は……〝死生逆転〟か？　ずいぶん悪趣味だな、お前」

《虚言結界》は強力な幻術結界だ。

もちろん、強力な魔法の分、その行使にはいくつもの条件がかかる。

その一つが、指定する理に合った幻惑を演出すること。

この結界の理は〝死生逆転〟なので。

本来、生きているはずが死んでいることになり。

死んでいるのに、生前のように動けてしまう。

本来は、不慮の事故などで死んでしまった者を生き返らせ、想《おも》い残したことをなくし、悪霊とならないように使う理だが……今回はその逆だ。

この骸骨は、自らでこの惨状を演出し、エタールの住民たちに《虚言結界》をかけて、アンデッドの街にさせたのだろう。ちぐはぐで異様な光景だったのはそういうことだったのだ。

《虚言結界》は継続的に魔力を消費する。これほどの広範囲に幻惑をかけて、持続させるとなると、莫大《ばくだい》な魔力を使用するはずだ。

だが、魔力がほぼ切れた骸骨にそんなことはできない。であれば……街のどこかに幻惑を見せる魔導具でも設置しているのだろう。

あと、【聖印】の加護を持つ勇者には効かないはずなんだが……あの黒髪勇者はなぜかゾンビになっている。もしかして偽者だったのか？　聖印を偽造して勇者を名乗るのは犯罪なんだが……。

「……え？　た……助かるんですか？」

骸骨の言葉を聞いたラフィネの瞳に、光が戻る。

「お……お願いします！　助けて、助けてください……！」

「おヤ？　おヤおヤおヤァ⁉︎　どうヤラ、助けたい人ガいるみたいデスねェェ？　まァ……そこノ男次第ですケドォ？」

骸骨は懇願するラフィネを見て、心底愉快そうに笑う。

ラフィネは倒れ伏したまま、俺に顔を向けて。

「私には……あの人がいなきゃ、ダメなんです。何でもします！　あの人が生き返るなら、どんなことでもします！　だから……だからお願いします……！」

……どうやら、混乱しているようだ。そもそもこの骸骨がそんな約束守るわけがないのに。魔物だし。反故《ほご》にするに決まってるだろう。

それに、そんなことしなくても――

「――《不死浄化《ターンアンデッド》》」

俺はエタール全域に、ちょっとアレンジした《不死浄化《ターンアンデッド》》をかけた。

すると――

「……あれ？　私、さっきまで何していたのかしら……？」

「頭いてぇ……うおっ⁉　なんでこんなとこで寝てんだ⁉　なんか変な夢見ちまったし……アンデッドになるとか縁起が悪すぎるっての……」

「お、おい！　なんで門が開きっぱなしなんだ！　すぐに閉めるぞ‼」

エタールの住民たちは死者から生者に戻り。

倒壊した建物は元の綺麗《きれい》な街並みに修復され。

紅く染まっていた空は、雲一つない晴天になった。

ラフィネの言っていた〝黒髪勇者〟も「ふわぁ……あれ、寝てたのか」と呑気《のんき》そうにあくびをしている。

住民たちは何事もなかったかのように、それぞれの日常に戻っていく。

こちらを視認できないように《妨害魔法》をかけておいたので、俺たちに気がついた様子もない。

「な、なにを……した、の……？」

骸骨は唖然《あぜん》とした声を出す。いや、お前また口調が……。

「口調……」

「そんなのもうどうだっていいでしょ！　なに！　いまの何!?」

「何って……《不死浄化《ターンアンデッド》》だけど」

「そうじゃなくて！……いやそれもおかしいけど！　なんで、なんでわたしの《虚言結界》が効いてないの！」

骸骨はまるで少女のような口調で声を荒らげる。いや、そんなの――

「《虚言結界》の前提条件を崩せばいいだけだろ？　だから少しアレンジした《不死浄化《ターンアンデッド》》で晴天にして、壊れた街を修復して、住民を生者に戻した。それだけだ」

「そ、そんなのあり得ない！　そもそも街には《幻術》の《古代遺物《アーティファクト》》を設置しておいたはず！　それなのにどうして――」

骸骨はそれでもと、食い下がる。いや、だから……。

「俺が〝それより多い魔力で上書きした〟。それだけだろ？」

簡単な話だ。魔法対決は基本的に魔力量がモノをいう。

同じ性質の魔法であれば、魔力量がより高い魔法が勝つのは当然のこと。

俺だって伊達《だて》に、血反吐《ちへど》を吐きながら修行してきたわけではない。

クソ不味《まず》い魔力増強薬を朝昼晩、食前に必ず飲んでいたのだ。そりゃ魔力量も上がっているだろう。そうじゃなきゃおかしい。

しかも、俺が飲んでいた魔力増強薬は特に効果が強い特注品。

だがその分クソ不味い。マジで不味い。製作者が「何でそれ飲めるの？　味覚壊れてるの？」と驚くほどに不味い。

しかもそいつ、何を勘違いしたのか年々、更にクソ不味いポーションを仕上げて送ってくるのだ。もう勇者になる気もないのに、お礼とか言って送ってくる。もはや嫌がらせにしか思えない。

何回も「もういらないから！」と送り返しても、「君のお陰だから！　お礼だから！」とか言って送ってくる。そのうち送り返すのもめんどくさくなってもう諦めた。

……そんな事情があり、俺の魔力量はけっこう多い。

正確にどのくらいあるかは分からないが、測ってみようと買ってみたけっこうお高めの魔力測定器がぶっ壊れたから、Sランク以上あることは間違いない。そして俺が涙目になったのは言うまでもない。あれ百万リエンもしたのに……。

「な……ならっ！　こいつも道連れにするから！　わたし殺したらこいつも死ぬから!!」

骸骨はカインを盾にして、崩れたままの口調でそう叫ぶ。なんかさっきから幼児退行してない？

「ふふ……さ、さすがに仲間じゃなくても、自分の手で殺すのは嫌でしょ？　できないでしょ？………できないよね？　ね？」

骸骨はカインを人質に、後ずさって逃げようとする。

「ぼっ……僕のことはッ……き、気にしなくていい！　負担になるくらいなら……ここで、こいつもろとも殺してくれ！」

カインはガクガクと震え、顔面蒼白になりながらも、そう叫んだ。

「ちょ、ちょっと何言ってんのよ！　余計なこと言うんじゃないの！」

「ぼ、僕は、誰にも必要とされなかった。ならここで死んでも……死んでも、いい！」

カインは震えながらも、自分が犠牲になると訴える。瞳に決意と勇気の光を宿して。

完全にカインを犠牲にして骸骨もろとも倒す雰囲気になってるが……ちょっと、勘違いしているようだ。

「別に……お前を死なせるつもりなんてないぞ」

「…………え？」

カインを見ながら、そう言った。なんたってこいつには――まだやって貰《もら》わなくちゃいけないことがある。

「……確かにお前は高飛車で自分第一なクソ野郎だ。でもまだ俺には〝必要〟だ。だから、死なせない」

だって――まだこいつにお菓子の感想を聞いていない。それが済むまではむざむざ殺させない。貴族の男の意見は貴重だと思うからな。

カインは俺の言葉に顔をくしゃくしゃにさせ、「どうして……」と言いたげに目を見開く。

「で、でも生殺与奪の権利はわたしにあるから！　《操作魔法》は途中で割り込めないからね！」

そう言い、少しだけ得意げになる骸骨。

確かに《操作魔法》は一度かけたら他の術者が割り込むことはできない。

……いや、厳密にはできるっちゃできる。無理に割り込むと操作している対象が魔力に耐えられなくなって爆散してしまうというだけで。

緻密で繊細な魔力操作で術式を乗っ取れれば、爆散することはない。だが俺には無理だ。そんな職人技なんてできない。めんどくさすぎる。

「まあ、割り込むのは無理だな」

「でしょ！　じゃあわたし帰るから――」

骸骨はカインを引きずって、我先にと逃げ出そうとする。

「割り込むのは無理だが――」

右手を骸骨に向けて。


「こうすれば、解けるだろ？」

圧縮した魔力弾で、骸骨の頭を消滅させた。

そりゃあもう、跡形もなく。

「……ふう」

頭が吹き飛び、身体《からだ》を保てなくなった骸骨が霧散していくのを見ながら、「やっと終わったぁ……」とため息をつく。

周りをチラリと見ると、ウェッドたち冒険者と、イヴとリーナ、ラフィネとシオン……というかレティ以外の全員が、ぽかんと口を開けてこっちを凝視していた。レティだけは鼻息荒く、目をキラキラとさせてこっち見てた。

……あれ、もう重力魔法は解けてるはずなんだが。なんで倒れたままなんだこいつら。

そんなことを思っていると。

「じ、じれ……ジレイィーーーッッ!!」

ウェッドが立ち上がってすごい勢いで走ってき……って顔こわッ！　ちょま――

逃げようとするが。

「お、おま！　そんなに強かったのかよ!!　なんでD級なんだよお前！　もうほんとに俺、ここで死ぬと思ってぇ――」

安心したのか鼻水を垂らして泣くウェッドの太い腕に抱きしめられ、身動きが取れなくなった。胸板が固いし汚い。なんで俺は罰ゲームを受けているのだろう。

他の冒険者やレティも走り寄ってきて、「やっぱりししょうはすごい！」とか「なんで隠してたんだよ！」と囲まれる。

いやちょっと待て。そんな一遍に言われても分から……アッー♂！　オイいま尻触ったのどいつだ！　出てこいゴラァ!!

ドタバタと叫び、囲んでくる冒険者たちに辟易《へきえき》する。やっぱり戦わないで帰ればよかったのかもしれない。マジでめんどい。

………でも、まあ。

「たまには……こういうのも悪くないか」

エタールも戻ったし、四天王を自称する骸骨も倒した。これで一件落着だ。

「――!?」

しかし、そう思った瞬間。強烈な殺気を感じた。

どこか歪《いびつ》で、濃厚な殺意。

興味のような、喜びのような……色んな感情が交ざり合っている。なんだこれは？

周りを見渡す――新たな敵が現れた様子はない。

そもそもこの殺気――俺に向けられていない。じゃあ誰に？

もう一度周りをよく見渡す。今度は《魔力探知》を使用しながら。

「――ッ！」

魔力の元を探知して、俺はすぐさま走り出した。

「────え？」

ラフィネの頭上に展開された──〝紅蓮《ぐれん》〟の炎に向けて。

四章　運命の人

――もし、運命を感じる瞬間があるとしたら、それはどんなときだろう？


偶然、いつもと違う行動をして、遭うはずだった事故を回避したとき。

長年会っていなかった想い人《おもびと》とたまたま再会し、意気投合して結ばれたとき。

人によっては、くだらないと思う小さな出来事でも、運命だと感じるのかもしれない。

ユニウェルシア王国第四王女――ラフィネ・オディウム・レフィナードにとって運命とは――〝ある少年〟との出会いだった。


今から九年前――当時六歳だったラフィネは、お淑《しと》やかで上品な現在の姿からは想像できないほどに、お転婆《てんば》な子供だった。

「どーん！　たっちしたからおにね！　にげろにげろー！」

「ラフィネ様！　ああ、食器が…………旦那様に叱られる……」

それはもう大層な悪童で、毎日毎日、王城のメイドや使用人を困らせていたものである。

しかし、使用人たちはそんなラフィネに注意することはしなかった。というより、できなかった。

なぜなら、それをすると王――ピラール・オディウム・レフィナードからの叱責が待っているから。

ピラールは、目に入れても痛くないくらいにラフィネを溺愛していて、どんなことをしても「かわいいラフィネがしたことだから」と許していたのだ。

どんなに悪戯《いたずら》をしても、わがままを言っても許される。

そんな環境で過ごしたせいで、ラフィネはお転婆で生意気な――いわゆるクソガキに育っていた。

だが……ラフィネが悪戯ばかりしていたのには、ある理由があった。

ラフィネには年の近い姉――第二王女と第三王女がいた。

しかし、ラフィネだけは姉たちと違い、別宅で暮らしていた。

「おねえちゃん！　あそぼー！」

歳《とし》の近い姉妹ということもあり、ラフィネは姉たちのいる本宅に何度も足を運び、一緒に遊ぼうと話しかけた。しかし――

「……はぁ？　嫌よ。あっちに行って頂戴」

姉たちはそんなラフィネのことを蔑むような目で睨《にら》み、「妾《めかけ》の子とは遊びたくない」といって、いつも突き放すのだ。

「姉様、〝そんなの〟は気にせずに遊びましょう。今日はボードゲームがやりたいです」

「そうね、〝これ〟は放っておいて遊びましょ。…………まだいたの？　早くあっち行きなさい。〝穢《けが》れた血〟のあなたに近づかれたら私が汚れるでしょ？」

幼いラフィネには、姉たちの言っていることがよく理解できなかった。

「ぶー……なんであそんでくれないんだろ……あしたはあそんでくれるかな」

なので、何度も何度も遊びに行っては突き放され、その度に口を尖《とが》らせて拗《す》ねていた。

「――そうして、おんなの子はみんなとなかよくなり、へいわにたのしくくらしました。めでたしめでたし」

そのせいで、ラフィネはいつも独りぼっちだった。

来る日も来る日も、絵本を読んだりお人形遊びをしたりして、一人で遊んでいた。

「くまさん……らふぃね何か、みんなにわるいことしたのかな……でも、あやまってもだれもゆるしてくれないの。どうして、かなあ……」

不意にぽとりと、冷たい水滴が落ちた。ぽとぽととラフィネの目から落ちる水滴が、持っていたクマの人形を濡《ぬ》らしていく。

ただ、ラフィネは寂しかった。

誰かに構って欲しかった。

自分を見て欲しかった。

父親であるピラールはいつも忙しくてたまにしか会えないし、使用人たちはよそよそしい。母親に至っては会ったことすらない。

だから——構って欲しくて、ラフィネはたくさん悪戯をした。そうすれば、みんな構ってくれると思ったから。

そんな日々を過ごしていた——ある日のこと。

ラフィネは世話役の使用人を撒《ま》いて、王城を抜け出していた。いないと気づけば、心配して見つけに来てくれると思って。

「一万三千百一……一万三千百二……」

王城近くの森の中、人一人分通れる程度の小さな抜け道を通り、自分で作った不器用な秘密基地に足を運ぶと……予期せぬ来訪者の姿。

(——っ！……だれ、あのひと)

ラフィネは思わずサッと近くの木の陰に隠れ、こっそりと来訪者を窺《うかが》う。

「一万三千百五、一万三千百六……」

まず目に付いたのは、王国にはほとんどいない、黒曜石のように艶やかで綺麗《きれい》な黒髪。

外見を見る限り、年の頃は十〜十二歳くらいだろうか。

身長はラフィネよりも頭一つばかり高く、年齢の割に身体ががっしりと鍛えられている少年だった。

「一万三千百十二……！　一万三千百十三……！」

少年は地面に身体を倒し、なぜか腕立て伏せを行っていた。それも――片手だけで。

（いちまん……？　ぜったいうそ！　そんなできるわけないもん！　この人うそつきだ！）

ラフィネはそんな少年を見て、嘘《うそ》つきだと思った。

自分とあまり歳の変わらない小さな少年が、そんな回数できるわけがない。せいぜい、二十回くらいを数字だけ大きく言っているのだろう。ラフィネはそう考えた。

「ん……？　おい、誰かいるのか？」

そのまま見ていると、少年はラフィネに気づいたかのように腕立て伏せを中止して、こちらを振り向いてそう言った。

「――！」

見つかってしまったことにびっくりして、ドキッと心臓が鼓動する。

「今すぐ出てこい。これは警告だ」

少年は冷たい口調で、そう言い放った。

しかし……ラフィネはその場から動かず、木の陰に隠れたまま。

……いや、動けなかったといったほうが正しいだろう。

ラフィネは少年から何か強い圧のようなものを感じ取ってしまい、怖くて動けなかったのだ。

甘やかされて育ったラフィネにとって、それは初めての感情だった。

「……来ないならこっちから行くぞ」

ラフィネが初めての感情に戸惑っていると、少年が近づいてきた。

「…………ぁ」

近づいてくる少年を見て、あることに気づいた。よく見ると……少年は何やら奇怪な仮面をつけていたのだ。目の所に穴が開いていない、目と鼻だけを覆った変な仮面を。

ラフィネが「どうやって前みてるんだろう……？」と考えていると。

「……なんだ、子供か」

少年はラフィネを見て、ちょっとがっかりしたようにため息をついた。

その態度にラフィネは顔をムッとさせ、露骨に不機嫌になる。なぜ自分と大して歳が変わらない少年に子供扱いされなければならないのか。無性に腹が立った。

「こんなとこにいないでさっさと帰れ。親が心配するぞ」

少年はしっしと追い出すように手を振り、腕立て伏せを再開しようと戻っていく。

ラフィネはそんな少年をキッと睨み。

「……ここ！　らふぃねの！」

と声を張り上げて言った。

「……は？」

少年は振り返り、何を言っているのか分からないと言いたげな顔になる。

「ここ！　らふぃねのばしょだから！　でてって!!」

ラフィネは気丈に、少年に向かってそう叫んだ。

少年が怖いという気持ちもあったが、そもそもこの場所はラフィネが頑張って作った、お気に入りの秘密基地なのである。

部外者に勝手に使われて、大人しく帰るわけにはいかないのだ。だから、怖かったが震えを抑え、必死に叫んだ。

少年はラフィネをめんどくさそうに一瞥《いちべつ》し。

「……はぁ？　別にここ、お前の敷地ってわけじゃないだろ？　何で俺が出てかなきゃいけないんだ？」

と言った。肩をすくめて、腹立たしく。

「……いいから、でてって！　『どっかいって』！」

ラフィネはカッとなり、追い出すために《言霊魔法》を行使する。だが――

「んん？……今、なんかしたか？」

なぜか、少年には効かなかった。

今までそんな人はいなかった。

ラフィネは生まれつき魔力量が多かったので、自分より下の魔力量で、魔法抵抗が低い者なら、誰でも従わせられた。

まだ魔力操作が未熟で、一人にしか行使できないという欠点はあったが……それでも、一人だけなら絶対に従わせられるという自信があった。

なのに……なぜか少年には効かなかった。

ラフィネは初めての経験に戸惑い、混乱する。

そして……瞳に大粒の涙を溜《た》めて、泣き出しそうになった。

「あー……ちょっと言い方キツかったか？　悪かったよ」

少年がラフィネを宥《なだ》めるが、それもなぜか悔しくて一層涙を溜め、唇を尖らせる。

少年はそんなラフィネにあたふたと慌て。

「じゃ、じゃあ今からめちゃくちゃ面白い話してやるから！　だから泣き止《や》め！　な？」

そう言って少年は、ふてくされたラフィネに色々な物語を語った。

――落ちこぼれの少年と、咎人《とがにん》として追い出された魔族との恋物語。

――英雄になった騎士が、孤児院を作って子供たちを育てるほのぼのした物語。

――平和に暮らしたい魔王が、癖のある配下たちにドタバタと振り回される日常物語。

少年の語り口はとても上手で、語ってくれる物語のどれもが、王宮にあるどの絵本のお話よりも面白く、ドキドキハラハラする内容だった。

気づけばラフィネは少年の語る物語に食い入っていて、泣き出しそうだった感情も、すっぽりとどこかに抜けていた。それほどまでに、少年の語る物語は面白かった。

「——っと、こんなとこだ。泣き止んだか？」

少年がまた一つ物語を話し終え、ラフィネに問いかける。

「……まだ、ないてる」

ラフィネの瞳からは既に涙なんて出ていなかった。でも、もっと少年の語る物語が聞きたかったからそう答えた。

「えぇ……でもお前、もう泣いてないじゃ——」

「まだ！　まだだめ!!」

ラフィネ少年はラフィネの言葉を遮り、叫ぶ。

はそんなラフィネにため息をついて。

「はぁ……分かったよ。でも今日はもうおしまいな？　もう暗くなってきたし……早く帰ったほうがいいぞ？」

空を見ると、もう日が落ちかけてきていた。夢中になって聞いていたので、まったく気がつかなかった。

「じゃあ……またあした！　またあしたね！」

「分かった分かった。……最近は大体、昼くらいにはここに戻ってるから。来たいならそのときに来てくれ。別に来ないでいいけどな」

ラフィネは「わかった！」と答え、王城にこっそりと帰った。

使用人たちは誰も、ラフィネがいなくなっていたことになど気づいてすらなく、何も言われなかった。

だが……それもそうだ。使用人たちは「王城内で隠れんぼでもして遊んでいるのだろう」程度にしか思っていなかったのだから。

そもそも、高い塀に囲まれた王城から出るには正門を通るしかない。実は壁の老朽化で、小さな子供程度なら通り抜けられる穴があったのだが……草陰に隠れていて、それはラフィネしか知らなかった。

ラフィネはこの日から毎日、秘密基地に通った。

少年はほぼ毎日、昼過ぎくらいになると現れ、ラフィネに毎回違う物語を語ってくれた。

独りぼっちで寂しくて、誰かに構って欲しかったラフィネにとって……少年と過ごすこの時間は楽しかった。大好きだった。

物語で分からなかったところを質問しても、少年は面倒くさがりながらも丁寧に、ラフィネにも分かるように簡単な言葉で教えてくれる。話しかけても煙《けむ》に巻いてどこかに

行ってしまう使用人たちとは違って、それが嬉《うれ》しかった。

「……じゃあ、今日はどうする？　またあの話か？」

少年は呆《あき》れたように、そう聞いてきた。「またぁ？」とでも言いたげな声で。

ラフィネはちょこんと少年の前に座り、目を輝《かがや》かせて「うん！」と元気よく返事をする。

「ほんと飽きないなお前……まあいいけどさ」

少年はぶつくさと言いながらも、ラフィネのリクエストに応え、語り始める。

少年が語ってくれたのは、『魔王を倒し世界を救った勇者が、市民に愛される優しい王女と結ばれる』というシンプルな英雄譚《たん》。

ラフィネはこの物語が大好きだった。だって――自分に似ている、そう思ったから。

なぜか、『王様になった勇者が、部屋に引きこもって何もしないヒモ状態になる』ということを除けば、ラフィネにとってすごく憧れる物語だった。

その部分を変えて欲しいと何度言っても、少年は「ここが一番いいところだから」と変えてくれなかったのは不満だったけども。

「らふぃねにも……なれるかな？」

物語のような王女に憧れたラフィネは、そう少年に聞いてみた。

少年はラフィネをちらりと見て「無理だな、絶対無理」と鼻で笑い、「そもそも、この王女様はお前みたいに敬語も使えないクソガキじゃないからな」と言った。

ラフィネはその言葉にムッと眉をひそめ。

「けいごつかえるもん！……つかえるですわ？」

少年は変な敬語で喋《しゃべ》るラフィネを一瞥して、「やれやれ」と肩をすくめる。

ラフィネはこのとき、作法のお稽古をサボらずに受けようと固く誓った。バカにする少年を見返してやろうと。

この日から、ラフィネは王城でのお稽古をサボらないようになった。

そんなラフィネに使用人たちは少し困惑したが、一時的な気まぐれですぐ元に戻ると思い、特に態度を変えることはしなかった。

でもラフィネは使用人たちに冷たくされても、もう気にしなくなっていた。

だって秘密基地に行けば、面倒くさがりながらも優しくしてくれる、少年に会えるから。

ラフィネは幸せだった。楽しかった。

父親であるピラールも優しくしてくれて好きだが、それよりも対等に過ごしてくれる少年のほうが大好きだった。

『この楽しい日々がいつまでも続けばいいな』

そんなふうに思っていた矢先のことだった。

幸せなひと時に――亀裂が入ったのは。

「おお、本当に来やがった。……ほらよ、報酬だ」

いつも通り王城を抜け出し、森の入り口にある抜け穴を通って、秘密基地に行こうとしていたら――抜け穴の前にいたのは、人相の悪い大人の男たち。

その中でもひと際大きな体躯《たいく》をした、髑髏《どくろ》のマークが特徴的な黒いスカーフを着けている大男が、近くにいた薄汚れた服を着ている男に銅貨を数枚投げて渡す。

「情報通り、かなり上等な服を着てるガキだ。こりゃ大層金持ちな貴族サマに違いねぇ。……絞りがいがあるってもんだなァ？」

大男は顔を醜悪に歪《ゆが》ませ、下卑た表情を浮かべる。

秘密基地がある森は王城から近かったので、誰にも見られていないと思っていた。

しかし、少年に会うために毎日通っていたので、見られるのは時間の問題だった。以前は月に数回程度しか行かなかったのが、毎日に変わっていたのだから当然の話だ。

「さて……おいガキ。ちょっと一緒に来てもらおうか？」

大男はそう言って、ラフィネに近づいてきた。

「やっ……『こないで』！」

ラフィネは怖くて、《言霊魔法》を使用し、大男の身体《からだ》を拘束する。

「ん、だこれ？　身体が動かねぇ……おいクソガキ！　何をしやがった！」

大男は動かなくなった身体に混乱し、語調を荒らげて叫んだ。ラフィネはそのまま、大男を操作してこの場から離れようとするが――

ガッ！

と突然、頭に強い衝撃を受け、地面に倒れ込んでしまった。

グラグラと揺れる視界の中……後ろに別の男がニヤニヤと立っているのを見て、何が起こったのかを理解した。自分は――殴られたのだと。

（いたい……いたいよ……）

ただ混乱した。なぜ自分がこんな目に遭わなければならないのか。別に何も悪いことをしていないのにと。

それと同時、操作していた魔力が霧散し、大男にかけていた《言霊魔法》が解除される。

「絞るだけ絞ったら返してやろうと思ったが……止めだ。このクソガキは変態に売り飛ばしてやる。……もうママやパパに会えると思うなよ？」

大男は下卑た表情で笑い、近くにいた男たちに「口を塞いで拘束しろ」と指示を行う。

「やだっ……やだやだ！」

ラフィネは逃げようと身体を動かす。……が、大人の力に敵《かな》うわけもなくあっさりと拘束され、口に丸めた布を詰められて、声が出せなくなる。

（たすけて……だれかたすけて！）

怖くて痛くて、もう誰にも会えないと思うと涙が溢《あふ》れてきた。

父親や使用人たちに会えないのも悲しかったが、一番は少年の語る物語がもう聞けなくなるのが……少年に会えなくなるのが悲しかった。

そのまま、男たちに乱暴に髪を摑《つか》まれて人一人分が入れる程度の麻袋の中に詰められ、視界を塞がれて絶望しそうになったとき――

「……何を、している？」

あの少年の声が、聞こえた。


「おいガキ……てめえ、何もんだ」

突然、変な仮面をつけた少年が現れてから少し経《た》った頃。

その男――鋼のように鍛えられた大きな体軀を持つ、髑髏のスカーフを着けた大男は、目の前の少年を見据えてそう問いかけた。

大男は僅かに動揺しながら、周りを見渡す――視界に映ったのは、地面に倒れ込んでいる自らの手下たち。

先ほど見たあり得ない光景に、大男は眼《め》を鋭くさせる。

少年は唐突に現れた後――すぐに状況を理解したのか剣を抜いて戦闘態勢を取り、瞬く間に大男の手下たちを叩《たた》き伏せた。十人ほどいた手下たちを、一人残らず。

理解ができなかった。たった一人に翻弄され、手下たちが倒されたというその光景が。まだ十歳ほどの少年に手も足も出ずにやられたという事実が。

「……」

少年は大男の問いに答えず、無言で剣を構える。大男は少年のその態度に舌打ちし、自身も腰に提げていた大振りの剣を抜いた。

瞬間。

「――！」

少年が一足踏み込むと同時、一瞬で大男の懐まで潜り込む。

「――ガァッ！」

大男は即座に反応し、叫びと共に大剣を振り、斬撃を力任せに弾《はじ》き返す。そして振るう勢いそのままに、少年の首を狙って一閃《いっせん》した。

「――ッ！」

少年は頭を反らし、寸前で回避。剣先が揺れた頭髪に僅かにかすり、パラパラと黒髪が宙に舞う。

無理に回避し、少年の体幹が乱れた――そのとき。

その一瞬の隙を、大男は見逃さなかった。

体勢を崩したところに、横薙《よこな》ぎに振り抜かれる大剣の一撃。

「ぐッ……！」

少年は避けられないと判断し、剣で受け流しつつ、後ろに跳んで斬撃の勢いを軽減する。

……しかし、十歳ほどの少年の両腕では大男の重い斬撃を流しきることができなかったのか、ビリビリと剣を持っていた両手が痺《しび》れ、剣を取り落としてしまった。

すぐさま大男から距離を取り、対峙《たいじ》する少年。

大男は少年の落とした剣を足で蹴って遠ざけ、にやりと顔を歪ませる。

「…………分からないな」

唐突に、無言だった少年は震える自身の手を見ながら口を開き、そう呟《つぶや》いた。

「お前は、強い。なのになんで……こんなことをする？　お前ほどの力があれば、いくらでも他の道があったはずだ」

「……んだよ、命乞いか？」

変なことを問いかけてきた少年に、大男はそう返答した。剣を落とし、勝ち目がないからこんなことを言っているのだろう。そう考えた。

「まっとうに生きることができる力を持っておいて、なぜそうしない。なんでお前は……弱者から奪い取ろうとするんだ。……俺にはそれが、分からない」

「は？……何言ってやがる。んなの――」

大男は少年の問いに、当たり前と言わんばかりの表情になり。

「――――最高に楽しいからに、決まってんだろォ？」

醜悪に顔を歪ませ、愉快そうにそう言った。

「普通に生きるなんてつまんねえだろうがよ？　人生は一度きりしかねえんだ。なら自由に……自分の好きなように生きたほうが得だよなァ？」

大男にとって、真面目に、社会の息苦しいルールに締めつけられて生きるなんて真っ平ごめんだった。考えただけで吐き気がする。好きなように、己の欲望のままに生きたほうが断然いい。

それに……単純に、大男は他者を自らの力で屈服させるのが大好きだった。

気に入らない奴《やつ》を殺し、欲しいものは奪う。絶望に泣き叫ぶその姿が、許してくれと懇願し屈服する光景が……たまらなく大好きだったのだ。

金も、地位も、女も……すべて、自分の思い通りに手に入れてきた。

人を攫《さら》い奴隷として売り払って大金を手にし、手下を従えて地位を得て、女は殴って強制的に言うことを聞かせた。欲望のままにこれまで生きてきた。

「俺には……お前らが、同じ人間に思えない。誰かから奪っておいて、何の後悔もなく過ごせるのが理解できない」

「キレイ事を言いやがるじゃねえか。いいかガキ、冥土の土産に教えてやる……この世は弱肉強食なんだ。よええ奴はつえええ奴に何されても文句は言っちゃいけねえ。なぜならそれは――てめえが弱いからだ」

大男がそう言うと、少年は「……そうか」と何の感情もない声で呟く。

「俺は金も女も地位も欲しい。だから奪い取る。お前だって、何か欲しいものがあるから戦ってんだろ？　そうじゃなきゃ、そこのガキのためにわざわざ俺たちと戦ったりしねえよなあ？」

「俺が戦う理由……確かに、俺には欲しいものがある。それだけのために戦ってるな」

「だろ？　俺だってもうこの生き方は変えられねえ。変えようとも思わねえ……いつか捕まって死ぬんだとしても、それまで楽しく生きられればいい。処刑台の上で『最高の人生だった！』って言ってやるよ。犯した女の家族の目の前で『気持ちよかったぜ？』って笑ってやる。それが、俺の生き方だからだ」

「……理解できないな」

「して貰《もら》わなくて構わねえ。どうせお前はここで死ぬんだから……なッ！」

大男は剣を振り上げ、無防備な姿の少年に叩きつける。これ以上このガキに長話をしてやる意味もない。無駄な時間だ。

大剣が勢いよく、少年に迫る。これで……確実に殺した。

そう思った瞬間。

「……は？」

ピタリ、と勢いよく斬りつけた大剣が静止したのを見て、大男は驚きの声を出した。

「お前がどういう人間かは分かった。もういい」

少年はそう呟き、右手で摑んでいる大剣の剣身をぐっと握り、力を込める。すると――

「なッ……！」

バキィン！　と金属音が鳴った後、少年が力を込めた部分からぽっきりと剣が折れ、折れた剣身が地面に突き刺さった。

「あがッ……」

そして、少年は大男の首を素早く片手で摑み……ぐぐぐと圧迫し始める。

大男は少年の腕を引き剝がそうとする……が、少年の腕を折ろうと力を込めても身体を蹴っても、ピクリとも動かすことができない。

「てめ、え……本気じゃ、なか――」

ギリギリと首が絞められて呼吸が苦しくなる中、大男は少年の身体を纏《まと》う魔力を見て理解した。この少年が――本気を出していなかったのだと。

「誓え。騎士団に出頭して罪を償うと。そうすれば助けてやる」

握る力を更に強くし、少年は強い口調で命令した。

「がッ……わ、わかっ……た。ちか……う」

大男が擦《かす》れた声でそう答えると、少年は「……本当だな」と言ってパッと手を離す。大男は地面に手をつき、勢いよく咳《せ》き込んだ。

「ぐッ……ゲホッ……お、俺が悪かった。本当だ、もう二度としねえ」

「……嘘《うそ》じゃないな？」

「ああ……ちゃんと罪を償って、処刑されなかったらこれからはまっとうな生き方をする。嘘じゃねえ」

大男はそう言い、頭を下げる。

「本当に悪かった。…………俺は自分のためなら何でもするクソな人間だった。人を殺すことも奪うことも……それこそ――」

大男は頭を下げたままの状態で、言った。

「――どんなに、卑怯《ひきよう》なことでもな」

その瞬間。

「――いぁっ」

少年の後方から、くぐもった悲鳴のような声が聞こえた。

すぐに少年は振り返り、声の元を見る。

そこには。

「――いってぇ……ふざけんなよガキが」

「――くそが、俺の鼻折れてんだろこれ。めちゃくちゃ痛え……」

「殺す。ぜってえこのガキ殺す」

　起き上がり、少年を射殺すような眼で睨《にら》む男たちの姿と――少女が詰められている麻袋の頭と思われる部分に足を乗せ、ぐりぐりと動かしている男の姿。

「――ッ！」

　少年は即座に動き出そうとする……が。

「おっと……動くなよ？　動いたらあのガキの頭を踏みつぶさせる。それでもいいならいいけどなァ？」

　大男のそんな声に、足を止めてしまう。

「いくら強いとはいえ……やっぱりガキだな。……お前、わざと殺さないように急所は避けて攻撃してたろ？　甘えんだよ。殺す覚悟がない癖に戦おうなんてちゃんちゃら甘え。笑っちまうぜ」

「……罪を償うってのは、嘘だったのか」

「おいおい、あんな口約束、守るわけがねえだろうがよ？　馬鹿か？」

　大男は肩をすくめ、嘲笑《あざわら》う。

「今すぐその《身体強化》を解除しろ。早くしねえとこいつを殺す」

「……」

「おい！　聞いてんのか早くしろ！」

少年は逡巡《しゅんじゅん》するように黙り込み、「……分かった」と言って自身にかかっている《身体強化》を解除した。

「うがッ……！」

解除した瞬間、少年は手下の一人に勢いよく殴られ、吹き飛ばされる。

「オラッ！　死ねこのクソガキが！」

倒れ込んだ少年を手下の男たちが罵倒しながら殴り、力強く蹴り、サンドバックのように絶え間なく打撃を与え続ける。少年は動くことができず、血を吐いてうずくまるだけ。

「――てめえら、その辺にしとけ」

そのまま少年が殴られ続けて数分後。

大男がそう命令すると、手下たちは攻撃を止め、少年から離れた。

「おい、起きろガキ」

「あ、が……」

大男は少年の近くにしゃがみ、倒れ伏した少年の髪を摑《つか》んで、顔を強引に上げさせる。

「ガキ……お前は強い。その若さでそれだけの強さは魅力的だ。殺すには惜しい」

「なに、を……」

「――俺と来い。俺の【曝首団《しゃれこうべ》】に入れ。お前なら、俺の右腕にしてやる。三百人いる中のナンバーツーだ。破格の待遇だぜ？」

大男は甘言を弄して、自らの下に加われと勧誘した。

「………こと、わ……がッ!?」

少年が断ろうと口を開いたと同時に、大男は少年を勢いよく殴り、吹き飛ばす。

「……まだ、自分の立場が分からねえみたいだな？　お前が生きるか死ぬかは俺が握ってんだ。お前がわりいんだぞ？　その甘ちゃんすぎる、人を殺す覚悟もない考えで俺たちに逆らうからだ………ぜっ！」

大男は少年を強引に立たせながら、更に殴って地面に叩《たた》きつける。

そこには一切の慈悲はなく、ただ少年を屈服させてその力を自らの手に収めようとしていた。そのために絶対的な恐怖を与え、心身共に逆らえないようにするために、何度も何度も拳を振るい続けていた。

「もう一度聞く。俺の下に――!?」

大男が再度、聞こうとしたとき――少年が立ち上がったのを見て、驚きに息を呑《の》む。

「なんだ、てめえ……どうして、起き上がれる」

立ち上がった少年を強く睨みながら、大男は困惑の声を出した。間違いなく、度重なる殴打で骨が砕けて立ち上がることなどできないはずだった。

それなのに――少年はゆらりと幽鬼のように立ち上がり、肩で息をしていた。ふらふらと倒れそうになる身体《からだ》を支え、立っていた。

少年の身体からはオーロラのような幻想的な魔力が漏れ出し、痛々しくボコボコに膨れあがっていた少年の顔と折れた腕、身体全体を包み込み、徐々に少しずつ、何事もなかったかのように修復していく。

「……動くなよ。動いたらそこのガキが――」

大男は動揺を隠して冷静さを保ち、命令しようとするが。

「ああ、それならもう……問題ない」

ぼそりと呟《つぶや》き、命令を聞かずにこちらに一歩ずつ歩いてくる少年。

「おい……！　脅しじゃねえぞ！…………もういい、所詮は馬鹿野郎だったってことか。てめえら、そのガキを――」

後ろを振り向き、大男は手下に叫ぶ。

……しかし。

「…………は？」

〝それ〟を見て、唖然《あぜん》とした声を漏らした。

その光景――つい数秒ほど前には生きていたはずの手下たちが全員、自らの剣を自身の首に突き立て、自死している光景を見て。

「な……なん……」

「――確かに、俺には覚悟が足りなかった。勇者になるためには、魔物とだけ戦ってればいいと思っていた。……分かってはいたんだけどな。それじゃダメだって」

「て、てめえ……！　何しやがった！　どうしてこいつらが――」

「感謝する。やっと……覚悟が決まった。こうまでならないと分からないなんて、俺も馬鹿な奴《やつ》だよな」

少年は男の叫びを無視し、自らの心情を吐露する。

そして、決意を込めた声で、はっきりと言葉を吐き出した。

「俺は俺の目的のために――お前らを殺す。そもそも、俺はお前らみたいな奴が大嫌いなんだ。理由としては十分だろ？」

「ッ！　ふざけやがって……！　今すぐ殺してやるよクソガキがァ！」

大男は剣を抜き、少年に斬りかかる……が。

「――!?　な……身体が――」

大男が剣を振り下ろそうとした瞬間。急に身体の自由が利かなくなり、動きが遅くなってしまった。まるで……頭上から糸で引っ張られているかのように。

「《糸操人形《マリオネット》》……あんまり、この魔法は使いたくなかった。まだ修行不足で上手《うま》く使えなくて、魔力抵抗が低い奴に使ったら最悪、傀儡《かいらい》になって二度と戻らないかもしれないから」

「ぐ……！　このッ――！」

大男は遅くなった身体を必死に動かし、ブツブツと呟いている少年に斬りかかる。だが、その動きは水中で動いているかのように遅く、ひょいっと簡単によけられてしまう。

「でも——もういい。俺はもう覚悟を決めた。慈悲は与えない」

少年はそう呟き、近くに落ちていた自身の剣を拾い、ゆらりと静かに構える。

そして、なおも少年に斬りかかり続ける大男に近づいて……、

「——ぁがっ」

次の瞬間、大男の視界は暗転し、何も見えなくなる。

大男の視界が晴れることは——もう、二度となかった。


「大丈夫か？　痛い所はあるか？」

ラフィネが麻袋の中に詰め込まれてから少しして、何度も破壊音が鳴り響き、大男と少年の声が僅かに聞こえたあと……静かになった頃に少年がラフィネを麻袋から出して、そう問いかけた。

「……あたま、いたい」

ラフィネがそう訴えると、少年は「《治癒《ヒール》》」と唱え、痛みをスーッとなくしてくれる。

ラフィネはさっきの男たちがどうなったのか、周りを見渡そうとする。しかし——

「……見ないほうがいい」

と、少年に抱きしめられて、視界を塞がれてしまった。

少年の体温が伝わってきて、温かい。混乱していた心が、どんどんと溶かされていくようだった。

「あいつらはここらで有名な盗賊団だった。因果応報だ。気にすることはない」

少年はそう言って落ち着かせるように、ラフィネの頭を優しく撫《な》でる。その手は僅かに震えていて、まるで自分に言い聞かせているようでもあった。

どうやって男たちを倒したのかは分からないが——この少年が、ラフィネを助けてくれたことは分かった。

「なんで……助けてくれたの？」

ラフィネはふと、疑問に思ったことを聞いた。ただ純粋に、何でか分からなかったから。

少年はラフィネの言葉に「はぁ？」と意味が分からないと言いたげな声を出し。

「勇者が人を助けるのは——当たり前だろ？」

と、優しく笑いながら言った。

「……ぁ」

とくん、と心臓が鼓動する。

「当たり前のことをやっただけ」と言わんばかりな少年の姿が眩《まぶ》しくて、かっこよくて。

(なに、これ……かおがあつくて……どきどきする……!)

初めての感情だった。

顔が赤くなって、心臓がドキドキと少年に聞こえちゃうんじゃないかというくらい、激しく躍動していた。

「ん、どうした? 体温が高いみたいだが……風邪か?」

「っ……!」

少年は近づいてきて自らとラフィネの額を合わせ、「ちょっとだけ熱いな」と呟く。少年の唐突の行動にラフィネは顔を更に真っ赤にして、心臓が爆発しそうになる。

その後。

少年はラフィネが風邪を引いてると思い、おんぶをして家の近くまで送ってくれることになった。

「お兄ちゃんは……ゆうしゃさまなの?」

少年の背中でちょこんと抱えられながら、ラフィネは少年に問いかける。

「いや、まだ勇者じゃない。でも必ずなる、なってみせる。俺には――〝夢〟があるから」

少年は前を見て歩きながら、決意を込めた声でそう宣言した。

ラフィネはこのとき――自分の抱いているこの感情が何なのかを理解した。これは物語で王女様が抱いていた感情と同じ――〝恋〟なのだと。

ラフィネは少年の温かい背中にぎゅっと抱きつき。

「らふぃねも、らふぃねもおうえんする！　お兄ちゃんならぜったいになれる！」

と鼓舞するように言葉を吐き出した。少年が勇者になって魔王を倒してくれれば――自分と結婚できるかもしれない。そんなふうに思ったから。

この瞬間から、ラフィネは理想の王女様になるために努力し始めた。

王族としての作法や振舞いを学び。

護衛を連れて街へ出て、市民に積極的に話しかけ。

使用人たちに悪戯《いたずら》することも、すっかりなくなった。

そんなラフィネを見て……周囲の人間も少しずつ変わっていった。

使用人たちはまだぎこちないながらも、向こうから話しかけてくれるようになり。

街を歩けば、市民に親しげに声をかけられるようになった。

父親であるピラールも、さらにラフィネを溺愛するようになった。その反面、姉たちの態度はさらに冷たくなっていたけども。

相変わらず王城を抜け出して、気をつけながら秘密基地まで少年に会いに行っていたが、使用人たちに聞かれても「かくれんぼしてた」と誤魔化していた。

そんな日々を送り――数ヶ月ほど経《た》った頃。

いつものようにラフィネは鼻歌を歌いながら、秘密基地に向かった。

すると……目を疑うような光景が視界に入った。

「――っっ!?」

少年が、血だらけで倒れていた。

身体はズタズタに傷跡が走り、その中でもひと際大きな、胸全体に痛々しく刻まれた何かに引っかかれたような〝三本の赤黒い傷跡〟。

吐き出す息も弱々しく……今にも死んでしまいそうなほど、憔悴《しょうすい》していた。

ラフィネはすぐに王城に戻って人を呼び、部外者を入れるわけにはいかないと渋る兵士を説得して、治療室に運んだ。しかし――

(なんで……どうしてきかないの!?)

なぜか、王宮お抱えの白魔導士たちが治療に当たっても、〝何らかの魔法で邪魔されている〟ように、少年に治癒魔法がかかることはなかった。何度かけようとしても、少年に行使する直前で魔法が搔《か》き消されてしまうのだ。

(神さま……おねがいします。らふぃねにできることなら何でもします……！　どうか、どうかたすけて……！)

何の治療もできず半死半生で生死を彷徨《さまよ》う少年に、ラフィネは祈ることしかできなかった。ただただ、少年の傍《そば》で必死に祈り続けた。

そして、ラフィネの願いが通じたのか……少年は奇跡的に一命をとりとめた。本来であれば間違いなく死んでいたはずの大怪我《おおけが》だったのにもかかわらず。

驚異的な回復力で本来一年はかかるはずのリハビリを僅か一週間で終え、少年はいつものように物語を語ってくれるほどに回復した。

ラフィネは喜んだ。これからも変わらず、また少年と過ごすことができると思っていた。

だが――

「明日からはもう、ここには来ない」

告げられたのは、突然の別れの言葉。

ラフィネは食い下がった。「どうして」「行かないで」「ずっとここにいて」と少年を説得した。

「行かなきゃいけないんだ。とても大事な――戦いに」

しかし、少年の決意は揺らがず、悲しげに空を見上げてそう呟いた。

ラフィネはそんな少年の姿を見て、理解した。少年は――魔王を倒す旅に出るのだと。

少年にはまだ、【聖印】も出ていないはず。でも正義感の強い少年のことだ。おそらく、少しでも多くの魔物を倒し、魔王を討伐して人々を安心させたいのだろう。少年なら旅の途中で【聖印】が現れるのは間違いない。

「じゃあ……らふぃねも！　らふぃねも連れてって！」

役に立てる自信はあった。

《言霊魔法》も五人までなら同時に行使できるようになったし、他にも色々な魔法を使えるようになった。まだ初級程度だが、それでも少しの補佐程度ならできると思った。

「駄目だ。足手まといだからついてくるんじゃない」

だが少年は冷たくそう言った。まるで、切り捨てるかのように。

「…………………ぇ？」

一瞬、何を言われたのかが分からなかった。そして少し経って、ようやく頭が理解した。

自分が、少年には必要ないと言われたのだと。

頭が真っ白になって、何も考えられなかった。何だかんだわがままを聞いてくれて優しくしてくれる少年が、断るとは思わなかったから。

ラフィネの様子を見た少年は、懐から何かをガサゴソと取り出し。

「お前じゃついてこれない……だから、これをやる」

と、わっかのような物体をラフィネの手に握らせた。

「……ゆびわ？」

「ああ、魔導具の《変幻の指輪》だ。それをお前にやる」

それは、シンプルな指輪。でもなぜ自分にくれたのかが分からない。

（……っ！）

ラフィネは少し考え……真意に気づいた。そして、顔をボンッと赤面させる。

だって気づいてしまったから。これは――少年なりのプロポーズなのだと。

少年はきっと、初めからラフィネが王女だと気づいていたのだ。

思えば、少年が語る物語は最終的に王様になるものが多かった。あれは遠回しに、ラフィネと結婚して王様になりたいと言っていたに違いない。

「俺は必ず勝ち取ってくる。だから――お前はそれで我慢してくれ」

この言葉も、『魔王を倒して平和を勝ち取ってくる』と言っているのだろう。

《変幻の指輪》をくれたのも、婚約指輪として、それまで待っていて欲しいということ。

「どんなに人が多くても俺は絶対に勝ち取ってみせる。そう、絶対に――」

聖印が現れて勇者となる人物は一人ではない。

『何人現れても自身が魔王を倒し、ラフィネと結婚してみせる』

少年は間違いなくそう言っていた。ラフィネにはそう聞こえた。

「ずっと……ずっと待ってる！　らふぃね待ってるから！」

少年はそう叫ぶラフィネの頭をポンポンと叩《たた》き、優しく笑う。

そして――もう、秘密基地に来ることはなくなった。

ラフィネは次の日から、さらにお稽古や習い事をするようになった。

将来的に少年と結婚することを考え、料理も、作法も、経済も、思いつくことをすべて学んだ。すべては少年と過ごす未来のために。

魔王から人々を救った勇者には、治める国と結婚する王女を決める権利がある。あの少年に至っては考えられないが、もしかしたら数億万分の一程度の確率でも、他の王女や姉たちを選んでしまうかもしれない。

だから、理想の王女になるために努力した。

お淑《しと》やかに、上品に、誰にでも優しく――そんな物語の王女様のようになって、少年に選ばれるために。

魔法の習得にも力を入れた。

元々生まれ持っていた《言霊魔法》を中心として、《生活魔法》《補助魔法》《五大元素系魔法》など……特に、少年がいまどこにいるのか知りたかったので、《探知魔法》の習得に一番力を入れた。

少年が去ってから月日が経ち――一年が経った。まだ魔王が倒されたという話は聞こえてこない。
二年が経った――勇者は誕生したが、黒髪ではない。
三年が経った――なぜか市民が暴動を起こし、ピラールが収めていた。
四、五年とただただ時が過ぎていき――ついに、九年もの長い歳月が流れた。

ラフィネは美しい、可憐《かれん》な少女になっていた。

街を歩けば市民から積極的に話しかけられ、王城内の使用人たちからは忠誠を誓われている……物語の王女様のような、理想の王女に。

修練し続けた《探知魔法》は最上位である《千里眼》を習得するほどの腕になっていた。でも、それでも少年を見つけることはできなかった。

（なんで……なんで見つからないの!?　条件は合ってるはずなのに……！）

まさか——と不安が頭に過《よぎ》った。が、すぐに頭を振って考えを消す。あの少年がそんなことになるわけがない。きっとどこかで生きているはずだ。

《千里眼》で〝黒髪〟の人物をしらみつぶしに捜したりもした。しかし、そのどれもが空振りだった。

不安は日に日に強くなっていった。「そんなわけがない」「あの人なら」と自分を言い聞かせていたが、心身共に擦り減っていてもはや限界に近かった。

そんな、憔悴して疲れ切っていたとき……ラフィネの耳にある一報が入ってきた。

『隣国のエタールで〝黒髪の勇者〟が現れた』、と。

ラフィネは報を聞いた後、すぐさま、会いに行くために準備を急いだ。

まず姉たちに疑われないように情報を操作し、護衛のシオンだけを連れて貴族の道楽旅行に見せかけるために、豪華な馬車と使用人を用意した。

そして冒険者ギルドに依頼人を非公開で護衛依頼を出して、少年に貰《もら》った『変幻の指輪』で黒髪の少女に変装した。

『……ゴミが何を言ってもゴミなのは変わらないんだよ。さっさと拾って失《う》せろ』

準備を整えたラフィネが依頼の集合場所に行くと――何やら揉《も》めているようだった。

一人はシュトルツ家から送ると言われていたB級の冒険者で、もう一人はだらーっとした、やる気がなさそうな青年。

（………あの人と、同じ、黒髪だった……）

青年はあの少年と同じ、黒髪だった。

青年の後ろ姿を見て、なんとなく懐かしい感覚になったが――青年の相貌は二十代後半くらいの年齢に見えた。あの少年だとしたら十八歳から二十歳くらいのはずなので……別人だと考えた。

そのまま少し様子を見ていたら、B級冒険者の男が剣を抜いて青年に襲いかかり、急いで《言霊魔法》を使って仲裁に入った。しっかりとお灸《きゅう》をすえて、次にやったらシュトルツツ家に報告すると忠告しておいた。

そして、黒髪の青年に少し話を聞きたかったから――少し怒った後に、適当な理由で強引に馬車に連れ込んで質問した。

『いや……村に黒髪は俺だけだし、仮面をつけた奇特な奴《やつ》もいなかったな』

しかし、青年に思い当たる人物はいないようだった。ラフィネは少しだけがっかりしたが……これから会う〝黒髪勇者〟があの人だと確信していたので、すぐに気を取り直した。

その後、青年が〝運命の人〟について聞きたいと言ってきた。ラフィネは淑女としての体裁を忘れ、あの人とのなれそめを語った。気づけば何時間も経《た》っていて、熱く語っていた自分がすごく恥ずかしくなった。

そうして、依頼を開始して少し経った頃……黒髪の青年がD級冒険者にしては色々とおかしいことに気づいた。

護衛として連れてきた、元S級冒険者のシオンの実力を見抜く異常な観察眼を持ち。なぜか次元魔法の《異空間収納《アイテムボックス》》を習得していて、高価な《探査》の魔導具を所持し。有名菓子店『シャルテット』のお菓子をたくさん所持していた。しかも、本店でしか売っていない希少なお菓子を。

少し変わった青年だったが……それよりもあの少年に会えるという気持ちが大きくて、すぐに気にならなくなった。

そして——途中でアクシデントはあったがそれ以外は特に何もなく、順調に五日ほどが経ち……あと少しでエタールに着くという所まで来た。

ラフィネは心の底から、早く会いたいという気持ちが溢《あふ》れていた。

しかし、理想の王女として、淑女としての体裁を整えるのに必死だった。気を抜いたら今すぐに走り出してしまいそうだった。

あと少しであの少年に会える——会える、はずだった。


それはあまりにも異常だった。地獄のような光景だった。

「だ、大丈夫です！　きっと、みんな安全な所に隠れているに違いありません！　あの人だって——」

絶望的な惨状から目を背け、自分に言い聞かせるように、そう叫ぶ。あの少年は生きている。絶対に生きているんだと。まだ希望はあった。

『ほら——あそこにいるでショウ？』

でも……それを見て、僅かな希望がガラガラと崩れ去っていった。視線の先にいた人物は——紛れもなく、〝黒い髪〟を持ったゾンビだったから。

「…………そん、な」

もう何も見えなかった。

目の前が真っ暗になって、頭がぐちゃぐちゃと掻《か》き混ぜられたかのように、思考がぐるぐると回っていた。現実を理解したくなかった。

あの少年がいない世界になんて、何の意味もない。それならばいっそ――

そんなことを考えたときだった。

『それコソ――この、エタールの住民すべてだったとしたラ、どうシマスか？』

一筋の希望が垂らされた。

生き返る。少年はまだ生き返る。まだ少年に――会える。

「お……お願いします！　助けて、助けてください……！」

あの少年が生き返るなら何だってできた。どんなことを命令されてもよかった。あの少年とまた会えるのなら、自分の人生なんて捨て石も同然だった。

D級冒険者の青年は、懇願するラフィネをちらりと一瞥《いちべつ》して。

『――《不死浄化《ターンアンデッド》》』

死の街を、元の街に復元させた。

意味が分からなかった。なんでそうなるのか理解ができなかった。

理解できなすぎて、ぽかんと口を開けてただ青年の行動を見ることしかできなかった。

青年はわけの分からないほど強い力で、強力な魔法を使う魔物を赤子の手を捻《ひね》るように圧倒していた。

そして、人質になったB級冒険者を引きずって逃げようとする魔物の頭を――

『こうすれば、解けるだろ？』

――木っ端みじんに、消滅させた。

あり得なかった。あの魔物の防護結界は何重にも厚く、さらに《護》の魔導具で強固に覆われていた。

帝級の攻撃魔法でもキズが付けられる程度の防護結界を、あんな容易《たやす》く破壊するなんて――そんなの、御伽噺《おとぎばなし》でしかあり得なかった。

「……ぁ」

とくん、と心臓が跳ねた。青年のその後ろ姿が――なぜかあの少年と重なって。

〝黒髪勇者〟があの少年のはずだと思っていた。でも……しばらく、青年から目を離せなかった。

青年のもとに冒険者たちが走っていって囲まれるのを、ただ茫然《ぼうぜん》と見ていた。

まさか。もしかして。そんな考えが頭に浮かんだとき――

「――――え？」

青年が、鬼気迫る顔でこちらに駆け出した。

「――大丈夫か？」

青年はラフィネの盾となるように覆いかぶさりながら、そう言った。

「は……はい……」

茫然と、呟《つぶや》く。

一瞬、何が起こったのか分からなかった。

でも……すぐに理解した。自分は――この青年に助けられたのだ、と。

青年はラフィネの頭上に展開された〝紅蓮《ぐれん》〟の炎から守るべく、一瞬でラフィネの前に移動し、身を盾にして守ってくれた。

とくん、とまた心臓が鼓動する。

ドクドクと躍動する心臓がうるさく、青年から目が離すことができなかった。

「あちゃー……もうこの服着れないなぁ。着心地良くてけっこう気に入ってたのに……」

青年の服は、背中の部分がまるまる焼け焦げており、もう使い物にならなそうだった。

それほどの威力をじかに受けてなお、なぜか青年の身体《からだ》は無傷だった。

「てか背中だけ開いてんのかっこわるっ！　もう捨てよこれ！　裸のほうがマシだわ！」

そう言い青年は、着ていた服を脱ぎ捨てて上半身裸になる。ラフィネはいきなり脱ぎ始めた青年に戸惑い、顔を赤くするが――

「――え？」

それを見て、目を疑った。

青年は均整の取れた、引き締まった肉体をしていた。

過酷な鍛錬を思わせる、無駄のない筋肉。

何度も死闘を繰り広げたかのように刻まれた、無数の傷跡。

そして――その傷跡の中でもひと際大きな、胸全体に残った〝何かに引っかかれたような三本の傷跡〟。

「こ、この……傷、は……」

「ん？……あー、そういえばそうだった。……うわ、なんか恥ずかしいな。あんまり見ないで欲しいんだが」

青年は少し恥ずかしがりながら、傷跡を隠すように脱いだ服を胸の前に当てる。

「……なんで、何で……気づかなかったんでしょう」

「え？　なにが？」

思えば、ヒントはいくらでもあった。

そもそも青年は黒髪だったし、色々と規格外な行動もしていた。

でも――〝黒髪勇者〟があの人だと思い込んで、しっかりと確認することはしなかった。

年齢が違うと勝手に決めつけて、何歳なのか聞くこともしなかった。

「どうした？　じっと見て……あ、俺がイケメンすぎるって気づいちゃったか？　ふふ、照れるな……！」

青年は手を顎に当ててかっこつけたポーズをし、フッとニヒルに笑う。

「……はい。ほんとに、ほんとにかっこいいです」

青年の濁った瞳は、クールで知的に。

やる気のない態度は、落ち着いて余裕がある紳士に。

少し……いやかなり変な言動は、人を笑わせたい心優しい善人に。

ラフィネにはそう見えた。乙女フィルターを通して、そう変換された。

「え、そうか？　いやぁ……面と向かって言われるとちょっと恥ずかしいな……！　まあ俺はイケメンだからしょうがないんだけど、あんまり言われたことないか――――へ？」

青年が頭を掻いて照れ照れしているところを――ラフィネはぎゅっと力強く抱きつき、身体を押しつける。

青年は「え？」「なにこれ？」「どゆこと？」と混乱しているようだ。

ラフィネは密着した青年――ジレイ・ラーロのぬくもりを身体で感じつつ、こう言った。

「やっと、やっと会えました……！　私の――――〝運命の人〟！」

エピローグ　王女につきまとわれてる

――困ってる。いま俺は、めちゃくちゃ困っている。

「――ので、結婚式は王国内で一番大きな式場でやろうと思います！　市民の皆さんも喜んでくれるでしょうし、お父様も祝福してくれるはず！　あ、でも安心してください！　慣れない王宮暮らしで〝ジレイ様〞も不安だと思いますので、私がいつもお傍《そば》にいますから！　あとは――」

あれから――魔王軍四天王を自称する骸骨を消滅させてから、まる一日が経《た》った。

エタール国内はアンデッドが蔓延《まんえん》していた様子は欠片《かけら》もなく、俺が《不死浄化《ターンアンデッド》》で記憶を操作したから誰一人覚えていない。平和そのものである。

〝謎の集団記憶喪失事件〞としていちおう捜査はしているらしいが……実害も魔術痕跡も一切ないし、すぐにみんな気にしなくなるだろう。

エタールで誕生した〝黒髪勇者〞も【聖印】を精巧に偽造し、魔法を使ってさも勇者の加護があるかのように振る舞っていた偽の勇者だったということが発覚し、速攻牢屋《ろうや》にぶち込まれていた。というか俺がエタールの騎士団に偽者である証拠を揃《そろ》えて持っていき、ぶち込んで貰《もら》った。ついでにぶち込まれる前に一発殴っておいた。スッキリした。

そして、あのあと――骸骨を倒した直後はというと、なぜか抱きついてきて離れようとしないラフィネを引き剝がし、倒れていた冒険者の男をエタールの治療院に運ぶという口実で、俺を囲んでくる冒険者たちに一旦落ち着いて貰った。

次に、男を治療院の集中治療室に押し込んだ後、俺を囲んで質問攻めする冒険者たちを全力で振り切り、見つからないように宿屋に引きこもった。金がなかったので全力で土下座したら哀れみながら泊めてくれた。優しい店主でよかった。

……いやほんと、マジでめちゃくちゃ質問攻めにされて疲れた。逃げ出してなかったら、あいつらたぶんいつまでも纏《まと》わりついてきてたと思う。そのくらいしつこかった。

なぜかウェッドは兄弟とか呼んできて暑苦しいし、カインは何を思ったのか弟子にしてくれと懇願してきた。当然断った。お前そんなキャラじゃないだろ、と。

レティは「パーティー入るまではなさない!」とか言ってしがみついてくるし、イヴはなぜか俯《うつむ》きつつ、虚《うつ》ろな目で睨《にら》んできた。なんで?

あと、ラフィネを狙った〝紅蓮〟の炎の術者も捜してはみたが……綺麗《きれい》に魔術痕跡が消されていて、追うことはできなかった。

だが……おそらく、犯人はリーナだ。

思えば、暗殺者の家系だったし、ラフィネが王女だと知ってから少し雰囲気がおかしかった。いつの間にかいなくなってたし……たぶんあいつでしょ。

それに、ドタバタしててギルドに護衛依頼の達成報告もできていない。カインに聞こうと思っていたお菓子の感想も聞けずじまいになってしまったし……。

でもまあ、たぶん達成報告はレティたちがやってくれたと思う。……後で受け取りに行く予定だ。感想も王女であるラフィネのがあれば大丈夫だろう。

盗賊討伐、四天王を自称する骸骨との戦闘などのアクシデントは多々あったが、無事こうして護衛依頼は終了。正直めちゃくちゃ疲れた。二度とやりたくない。

ここら周辺でまだ俺を捜し回っているレティやウェッド、他の冒険者をどうしようという懸念はある。……が、それはもうどうでもいい。いや本当はどうでもよくはないけど。

そんなことよりも――

「――それで、子供は何人くらいにしましょう？　私としては、やっぱり世継ぎのためにいっぱい作らなきゃだと思うんです！　なので、男の子は十人くらいで女の子は――」

先ほどから、俺の右腕にしがみつきながら、マシンガントークを展開してくる少女――ラフィネのほうが問題だ。

ウェッドたちを振り切って宿屋に引きこもり、久しぶりのベッドで気持ちよくスヤスヤと寝るところまではよかった。

朝になり、目を覚まして窓を開け「気持ちいい朝だなぁ～」と太陽の光を浴びていると――何やらベッドでガサゴソと動く音。

すぐさま俺は戦闘態勢に入った。そして、恐る恐る確認したら……よだれを垂らして幸せそうな顔でスヤスヤ眠るラフィネの姿。

マジでめっちゃびっくりした。だって、さっきまで俺が寝てたベッドに、ネグリジェみたいな官能的な服装でラフィネが寝ていたのだ。ガチで心臓が止まるかと思った。ホラーだろマジで。

昨夜の記憶を思い返してみても、お酒を飲んでて一晩の過ちで……とか思い当たることは一切ない。

そもそも俺、酒飲まないし、そういう経験もない。修行で忙しかったってのと、ぐうたら寝てるほうが好きだからだ。

昔、変な女に「裸見たんだから責任取って！」とか言われてしつこく追いかけられてめんどくさいことになったから、あれ以降そういう状況にはならないようにしてるのだ。ラフィネの水浴びを目撃して裸を見てしまった件は不可抗力の事故だからノーカンとする。

まあそんなこんなで、幸せそうな顔で寝てるラフィネを起こし、ちゃんとした服に着替えて貰って――いま現在に至る、というわけである。

何で俺の寝てるベッドに潜り込んでたんだとか、どうやって俺がここにいると分かった

のかとか、色々と聞きたいことはあった、
だけどそれよりも、なぜ一国の王女であるラフィネが、D級冒険者の俺にここまでつきまとうのかのほうが気になったので、聞いてみた。

ラフィネは「え、なんでそんなこと聞くんですか？」みたいにきょとんとした顔になり。

『だって——ジレイ様と私は結婚する運命でしょう？』

と言った。欠片も疑ってないような顔で。

それを聞いて、俺はたっぷり五分くらいフリーズした。だって何を言っているのかまるで分からなかったから。よく考えてもまったく分からない。結婚？　運命？　なんのこと？

でも、そのあとラフィネの話を聞いていくうちに、だんだんと理解した。ラフィネの言っていた〝運命の人〟が——俺だったのだと。

しかし、俺が覚えてなかったのも仕方ないと言える。

だってあの頃は、あえて前が見えない仮面型の魔導具で視界を塞いで、《魔力探知》と《熱探知》《気配察知》の修行をしていたのだから。輪郭は分かっても、顔までは分からなかった。

そもそも、ラフィネは助けて貰ったと言っているが——俺は別に正義の味方でも何でもない。そんな高尚な人間じゃない。

勇者になりたくて、「人を助けまくれば【聖印】が出るかも」と思い、自分勝手に助けてただけである。おまけにめっちゃ色んな人を助けまくってたから、一人一人を正確に覚えてなんかいない。

確か……あのときはユニウェルシア王国近くの森で、とんでもなく強い魔物がいると聞いて、意気揚々と挑みに行ったとき。

めっちゃ捜しても見つからなくて、憂さ晴らしにそこら辺の魔物を乱獲し、疲れたから休憩してたときに——なんか生意気な子供がやってきたのだ。

追い払おうとしたら泣かれそうになって、「子供に泣かれるのは勇者としてヤバい」と思い、適当に作った自作物語で泣き止《や》ました。

だが、なぜか懐かれて毎日来るようになり、「友達いないのかな」と思いながら、休憩時間に相手をしていた。

それで……趣味が悪い髑髏《どくろ》のスカーフを着けた盗賊どもをムカつくからめったためたにしてから数ヶ月後、ようやく捜し求めていた魔物を見つけ、死闘したのはいいものの……予想以上に強くて、倒せはしたんだが死にそうになってしまったのだ。

ちょっと事情があって《回復魔法》は使えなかったし……あのときはマジで死ぬかと思った。

んで、その子供の家で少しリハビリして（めっちゃ豪華な屋敷だった）、すぐに全快した俺は、あることを思い出した。

――そういえば、明後日《あさって》が『第五十六回　珍☆魔導具オークション♪』の開催日じゃん。と。

思い出した俺はすぐさま走り出して開催地に向かおうとした。

だが、何も言わずに去るのは勇者志望としてどうなのかと思ったので、一応言っておくことにした。

そしたらなぜか自分も行きたいとか言い出した。でもさすがにあの激戦地にはついてこられないと思い、《変幻の指輪》をあげてこれで我慢しろと宥《なだ》めたのだ。

ちなみに、目当ての魔導具は最後で競り負けて勝ち取れなかった。マジであの高飛車女許さねえからなァ！

……だから、俺はラフィネと結婚の約束なんてしてないし、助けたのは勇者になるためで俺のためだし、すべてラフィネの勘違いだ。俺は、そんな物語の王子みたいな人間じゃない。自分のことしか考えてないうんこクズ人間だ。

「じ、ジレイ様。そんなにじっと見つめられると……照れてしまいます。いえ、決して嫌というわけではなくてですね！　かっこいい顔で見られると恥ずかしくて……！　もう！初夜のときは生まれたままの姿を見せ合うのに、私ったら――」

なので、この何やらとんでもない発言をしている少女は勘違いしているということだ。

これはまずい。早急に誤解を解かなければならない。

「……取り合えず、離れてくれるか？　あと、様付けはちょっと止めて貰えると——」

そう言うと。

「あっ！　も、申し訳ありません！　そうですよね！　では、旦那様と……！」

「違う違うそうじゃない。マジでそうじゃない」

何を勘違いしたのかポッと顔を染め、もじもじしながら旦那様とか言ってくるラフィネ。

なんか目がハートマークになってるしやばい。どうするよこれ。

……しかし、こうなったのも俺の責任だ。

俺にそんな気持ちがなかったとしても、勘違いさせてしまう行動を取ったことは確か。

しっかりと誤解を解き、断る必要がある。

………でも、まあいきなり直球で聞くのもアレだから……まずは小手調べにジャブを打つことにしよう。うんそうしよう。

「ちょっと聞きたいんだが、もし……結婚の約束なんてしてなくて、助けたのもそんな高尚な理由じゃないって言ったら——どうする？」

俺がそう聞くと、ラフィネはニコッと笑い。

「死にます」

と言った。ああ、死に……え？　え⁇

「死ぬって……？」

「舌を噛《か》み切って死にます」

いや具体的な死に方じゃなくて。

「ジレイ様がいない世界なんて――考えられませんから。あと、私以外の女性に靡《なび》くのも駄目ですよ？　私だけを見てください」

ラフィネは更に俺の腕に強くしがみつき、言う。

冷や汗がダラダラと出てきた。さっきから呼吸が安定しない。どうするよこれ。どうすんだよこれ。

「だって、ジレイ様と私は――結婚する運命ですもんね？」

ラフィネの瞳は完全に頭いっちゃってるヤバい奴《やつ》だった。「それ以外あり得ないし認めない」と眼《め》が語っていた。

やばいやばいやばいマジでどうしようこれ。

え？　俺が「実は違いましたぁ～ドッキリ大成功～」とか言ったら舌噛み切って自殺すんの？　嘘《うそ》だよね？　頼むから嘘だと言ってくれません？　お願いしますマジで。

ガクガク震えながら動揺していると。

「ジレイ様？　なんで答えてくれないんですか？　もしかして……他に女性が？　そんなわけないですよね??」

ラフィネが光のない暗い瞳でそう詰め寄ってきた。

「あ、あ、あ………アタリマエジャナイカー。ソンナワケナイダロハニー」

「そうですよね！　清廉潔白なジレイ様がそんなことするわけないですもの！　あ、でも妾《めかけ》も作っちゃだめですよ？　わ……私がぜんぶ、満足させますので！　それでももし作ったら――――分かってますよね？」

俺は思わず、ビビッて片言で返事してしまった。ラフィネは顔をパッと明るくさせたり赤くしたり目のハイライトなくなったりで百面相していた。やばい。

……どうしよう、ほんとにどうしよう。俺のせいで死なれるのも嫌だし、結婚したら王様激務ルート一直線。それは絶対に嫌だ。俺は老人になって死ぬまでぐうたらして人生を終えたい。

「…………あ！」

そこで、閃《ひらめ》いた。もうこれしかないと。

「ラフィネ、ちょっと頼みがあるんだが……」

「はい！　なんなりと！」

心底嬉《うれ》しそうに返事をするラフィネ。うっ、心が痛い……。

「その……前にあげた《変幻の指輪》だけどさ。…………返してくれないか？」

そう言うと。

「……どうしてですか？　これは私とジレイ様との婚約指輪で、思い出の品で……なんでですか？　もしかして他の女性に渡すために――」

「い、いや違う！　そうじゃない！」

目の光を失っていくラフィネを慌てて止める。

……本当は俺もこんなことやりたくない。やりたくないが――

「……あっ」

俺はラフィネをベッドの上に押し倒し。

「だって……これからはずっと、一緒だろ？　だからこんなの――もう、必要ない」

上から覆いかぶさる壁ドンみたいなポーズになり、めっちゃイケボを作ってそう言った。

やばい自分で言ってて鳥肌立ってきた。

「は、はう……そ、そうでしゅ……」

ラフィネは顔を真っ赤にして、目をぐるぐると回している様子。よし、言質とった。

俺は「じゃあ返して貰《もら》うね」とラフィネの左手人差し指に着けている《変幻の指輪》を抜き取る。いいぞいいぞ。

「じゃ、じゃあちょっと俺、トイレ行ってくるから――」

「はう……あ、待ってください！　私もご一緒します！」

なぜかついてこようとするラフィネ。

「い、いやそれはさすがに……」

「で、でも……！　これからはお互いのすべてを見せ合うんですし……！」

「……そ、そういうのは徐々にしよう？　な？」

必死に、ついてこようとするのを止める。ラフィネは「えへへ、そうですね。これからは——ずっと一緒ですもの」と笑った。やっべえ。

俺は「お、そうだな！　じゃあ行ってくるわ！」とドアを開け、すぐに閉める。


「……よし、逃げるか」

俺は逃げることにした。

だって、結婚して王様になるなんて冗談じゃない。

なんか色々と勘違いしてるし、俺のせいで死なれるのも嫌だし……それに何となく直感でレティと同種の感じがした。これは説得しても諦めてくれないやつです（絶望）。

ま、まあ……たぶん時間が経《た》てば熱も冷めるだろう。そうだ。そうに違いない。そうであってくれ。

でも——どこに逃げる？

まず、近くの国は論外。

グランヘーロは――あいつがいるからダメ。

エストゥディオッソは――あの変態に絡まれそうだから却下。

なら――そうだ、あそこなら。

ちょうどお菓子の感想を聞きたいって手紙が来てたし、そのまま数ヶ月か数年くらい居候させてもらおう。

迷惑がられたら「過去に襲われそうになったの騎士団に言うけど？　いいの？」とでも言えばいい。うん。そうだ、そうしよう。

俺は《高速思考》で必死に頭を回転させ、一秒で結論を出した。

「――ジレイ様？　もうお帰りになったんですか？　あ！　もしかしてやっぱり私と少しでも離れたくなくて……それならそうと言ってくだされば――」

「やっべ！」

一秒しか経ってないのにラフィネがそう言ってきた。早すぎるだろ。

俺はすぐさま《変幻の指輪》で黒髪を〝赤髪〟に変え、宿屋の廊下を走り出す。

シャルがいる国――マギコスマイアへ。全速力で。

閑話　リーナの欲しかったもの

「──♪」

日が落ち、《灯》の魔導具に照らされた街道に、赤い髪を持った少女の鼻歌が鳴り響く。

少女──リーナ・アンテットマンはご機嫌だった。それはもう、今までの人生で一番と言ってもいいほどに。

「やっと、やっと見つかった……！」

まるで離れ離れになった想《おも》い人《びと》の居場所が分かったかのように、リーナは自らの身体《からだ》を抱き、頬を赤くさせる。

「うふふふ……絶対、逃がさない……！」

上気した顔で、呟《つぶや》く。先日出会った青年──ジレイ・ラーロの姿を思い出しながら。

……別に、リーナは昔、助けて貰ったわけでも、運命の人というわけでもない。……いや、ある意味では運命の人といってもいいのかもしれないが。

ただ……リーナにとって、ジレイはまさに探し求めていた人物だったのだ。

リーナはアンテットマン家の一人として、特に闘争心が高く……戦闘センスもずば抜けていた。兄妹たちとの模擬戦で圧倒できるほどに。

だが、リーナには人とは明確に違う点が一つあった。

それは——戦闘をしているときに、〝強い快感を得る〟ということ。

特に、生きるか死ぬかのギリギリの戦いをしているときに、生の実感を強く覚えた。身体が悶《もだ》えておかしくなってしまうくらいに、興奮してしまうのだ。

リーナ自身、自分がおかしいということは分かっていた。他の兄弟も血の気が多い連中ばかりだが、それと比べてもより強者との戦いを望み、殺し合いたいと思う自分の感覚がおかしいとは。

そんな自分を変えたかった。他とは違う、異常な自分から変わりたかった。

普通の少女のようになろうとしたときもあった。人形遊びや絵本など、普通の少女がやりそうなことはすべてやってみて、変わろうとした。

しかし……それらはすべて、リーナの心に響くことはなかった。生死の狭間《はざま》での戦いよりも、楽しいとは感じられなかった。

それでもと、無理に押し殺して普通の少女になろうとした。でも、ダメだった。心の底から湧き出てくる殺戮《さつりく》衝動を抑えることはできなかった。

無理に抑えようとするとなぜか頭にズキズキと刺すような痛みが走り、少し後には耐えられずに何かを攻撃し、破壊してしまう。

不思議と、この衝動を何かにぶつけたときにのみ、痛みはなくなった。物を壊せば痛みは和らぎ、人を暗殺すれば逆に快感が脳に走った。

それでもリーナは普通の少女になりたかった。恋に、洋服に……他の少女が楽しんでいる、普通のことが自然と楽しめるように。

だがリーナの考えとは裏腹に、両親はそれを望んでいなかった。リーナを暗殺者としての逸材と称《たた》え、喜んでいた。

両親から任された暗殺依頼をこなし、人を殺すことに快感を覚える。そんな日々を送っていたとき……考えた。自分が変わるために、どうすればいいか。

無理にこの衝動を抑えることはできない。ならば――尽きるまで、発散すればなくなるのではないか、と。

というのも、誰かと戦えば快感が走るが、短い間隔で連続で戦ったり殺したりすると……薄れるのだ、この殺戮衝動が。

なぜか、より実力の高い人物と死闘して殺せばこの衝動は更に薄くなり、快楽も強くなった。

なら、何度も何度も戦い、殺し合えば……いつかなくなるかもしれない。普通の少女になれるかもしれない。

リーナは来る日も来る日も暗殺に明け暮れた。しかし――

「——また、駄目……ね」

結果は、消えることがなかった。

暗殺する対象も昔と比べると圧倒的に実力がある者たちで、何度も死にそうになった。

……でも、強い快感を覚えてもリーナのこの衝動が完全に消え去ることはなかった。

あと少しだとは直感で分かっていた。もう少し、もっと強い人物を殺せば、この衝動は消えると。なぜだか分からないが、確信めいた予感を覚えていた。

そんな、暗殺対象を殺し続ける毎日を送っていた……ある日のことだった。待ち焦がれていた人物が、帰ってきたのは。

——シャル・アンテットマン。

【紅蓮《ぐれん》】の聖印に選ばれた第五期勇者であり、たった一人で魔王を討伐した天才少女。

感情を微塵《みじん》も宿らせない暗い瞳。

機械のようにただ淡々と依頼を遂行する無機質さ。

アンテットマン家で歴代最強といってもいい、暗殺技術と戦闘能力。

シャルのその力はまさに、リーナが求めていた人物像に近かった。

ずっと……シャルと戦ってみたかった。だが、シャルはかなり前からある暗殺依頼を受けて家を空けていたので、機会がなかったのだ。

兄妹間では模擬戦しか認められていないので殺すことはできないが、『最高傑作』と両親が称えるこの少女と戦えば、自分の殺戮衝動に何かしらの変化が起きるのではないかと考えていた。

すぐに父親に模擬戦の申請を出した。結果は――

『――駄目だ』

一切取り合って貰えず、許可されなかった。

リーナは食い下がった。「一試合だけでいいから」と。

だがどんなに頼んでも、父親はなぜか許可してくれなかった。

だから……模擬戦形式ではなく、暗殺しに行った。殺されそうになれば、戦ってくれると思った。

目論見《もくろみ》通り、戦闘になった。制限付きの模擬戦ではない〝殺し合い〟に。

シャルとの実力は、そんなに圧倒的には離れていないだろうと思っていた。上手《うま》くやれば、自分が勝てるだろうと。

結果は、惨敗。

手加減は一切していない。すべての力を使って、全力で殺そうとした。

しかし……シャルはリーナの遥《はる》か上を行っていた。足元にも及ばなかった。

嬉《うれ》しかった。自分よりも圧倒的に強い相手を見つけられたことが。この少女を殺せば、普通になれるかもしれないことが。

シャルはなぜか、リーナに止《とど》めを刺すことはなかった。無機質な瞳で一瞥《いちべつ》したあと、ふらりと去るのみだった。

リーナはそれから何度も何度も、シャルを殺そうと試みた。その度に強い快感が全身に走り、ゾクゾクと興奮した。身悶えするほどの快感で、おかしくなってしまいそうだった。

シャルと戦う度に、殺戮衝動は薄くなっていった。あと少し、あと少しで消えるかもしれない。そう思っていたときに——

——シャルが、ある暗殺任務を受けてから帰ってこなくなった。

暗殺者にとって、任務から帰ってこないのは死んだと見なされる。つまり……シャルは暗殺任務に失敗して殺されたか、任務を放棄して逃げ出したかのどちらか。だがどちらにせよ……もう二度とシャルと戦えないということを表していた。

シャルの受けていた暗殺任務を受けたいと両親に言っても取り合って貰えず、捜しに行こうにも手がかりがなく、再び膨れ上がった衝動は暗殺任務にぶつけた。……だが、シャルとの戦闘を幾度も行っていたリーナにとってそれは、気休め程度にしかならなかった。

衝動を抑えようとしてズキズキと、頭が痛んだ。割れると錯覚するほどの刺すような強い痛みがリーナを蝕《むしば》んだ。

暗殺対象ではもう意味がないほどに、リーナは強くなっていた。暗殺者としての肩書を隠すために行っていた冒険者稼業は、A級冒険者にまでなっていた。……なろうと思えば、S級以上になれるほどの実力もあった。

両親から任せられた暗殺任務ではもう、弱すぎて意味がなかった。一時的に衝動がなくなるだけで、抑えようとすると頭が割れるように痛む。叫び出しそうなほどに、狂いそうになるほどに痛みが走る。

衝動的に、暗殺対象でもない一般人を殺しそうになったこともあった。そのときは必死に抑えることで殺してしまうことはなかったが……殺していてもおかしくなかった。

怖かった。自分が正気ではなくなることが。いつか、衝動のままに誰かを殺してしまうかもしれないことが。

暗殺者として、任務を受けて何度も人を殺すことはあったリーナだったが、殺した対象はすべて、何かしらの悪事や犯罪、殺されても当然と言える罪を冒している者たちだった。無害な人を殺したことはなかった。

だから……衝動を抑えるために、冒険者として魔物を狩り続けた。なぜか人との死闘とは違い、僅かにしか衝動は薄れなかったが、それでも抑えることはできた。

強い者と戦うために、勇者パーティーに入ったりもした。勇者の近くでなら戦えるであろう強敵と戦い、この衝動を薄れさせようとした。

そんな生活を続けていたある日、新たな暗殺任務を受けた。

それは――『ユニウェルシア王国第四王女、ラフィネ・オディウム・レフィナード』を抹殺してくれという内容のもの。

書かれていた内容によると……第二王女と第三王女からの極秘の依頼で、第四王女が人々を惑わせる魔法を使い、国を傾けようとしているから殺せとのことが長々と羅列されていた。

……しかし、その依頼は誇大妄想といっていいほどに支離滅裂で証拠もなく、リーナには私怨としか思えなかった。

任務を任せてきた父親も、なぜ精査せずにこんな依頼を任せてきたのか理解ができなかった。……なので、まずは真実かどうか確かめてからにしようと考えた。

そんな中、勇者のレティが護衛依頼を受けたとのことで、調査を中止して勇者パーティーの一員として同行することになった。強い魔物が出てくれないだろうかと思いながら任務をこなしていた。

だが――

遭遇したその敵は、強すぎた。

その敵――骸骨の魔族はリーナたちを容易《たやす》く、圧倒的な力で抑え込んでいた。

魔族の纏《まと》う濃密な魔力に警戒し、隙があればいつでも動けるようにしていた。緻密に魔力を練り、攻撃できるように準備していた。

しかし。

『アナタ……さっきから気づかれないように魔力を練っているでショウ？　ワタクシには分かるんデスヨォ？』

その骸骨の魔族は、当たり前のようにリーナの魔力に気づき、そう嘲笑《あざわら》ってきた。

圧倒的だった。手も足も出なかった。自分より遥か先を行く実力だった。

全員が魔族が行使した《重力魔法》で地面に縫いつけられ、勝ち目はないと思った。このままここで、死ぬんだと。

『ん……？　なんでアナタ起き上がれるんデス？　かけ忘れですかネ？――《超過重力《ベザードグラヴィティ》》』

悔しくて歯嚙《はが》みしていたとき――D級冒険者の青年が立ち上がった。

『こうすれば、解けるだろ？』

そしてそのまま、圧倒的な力を持っていた魔族を消滅させた。余裕綽々《しゃくしゃく》と、当たり前のように。

「な……」

意味が分からなかった。その人外のような強さに。人の限界の遥か先を超えているとしか言いようのない規格外さに。

リーナは青年の姿を見て……興奮した。とても興奮した。

だって、青年のその圧倒的な姿こそ――リーナがずっと求めていた人物像そのものだったのだから。

誰よりも強く、いくら殺し合いをしても決して壊れることがないと思わせるほどの力。

この男になら――自分の抑えきれない衝動を、すべてぶつけられる。自分を、普通の少女にしてくれる。

青年の姿を見て恍惚《こうこつ》として身悶《みもだ》えしながら、そう思った。この男と死闘をし続ければ、殺すことができれば……この衝動が消えるに違いないと確信したから。

リーナは身体《からだ》を押さえ、湧き上がる気持ちを、殺意を抑えるのに必死だった。冒険者たちに囲まれ、嫌そうな顔をしている青年を歓喜の瞳で見て、興奮に悶えていた。必死に耐えていた。耐えていたが――

「――ぁは」

抑えられず、青年の力がもっと見たくて、攻撃魔法を放ってしまった。青年ではなく――暗殺対象である第四王女に。

いけないことだとは分かっていた。まだ王女が黒と決まったわけではないのに危害を加えてはいけないと。魔族から命を助けられた立場で不相応だと。でも、この男なら――

『――大丈夫か？』

それを見て、ぶるりと身体が快感に震えた。

思った通りだった。思った通り、青年は容易く簡単に、リーナの魔法を防いでみせた。行使した魔法はリーナが覚えている中で一番、発動が早く避けるのも防ぐことも難しい魔法だった。詠唱から着弾までが一秒もなく、ほとんどの魔法を使っても対応できないはずだった。

それなのに――この男は、当たり前のように防いでみせた。Aランク魔獣を焼き尽くすほどの紅蓮の炎を、まったくの損傷もなく。

興奮した。さらに興奮した。

この男なら、自分のどんな攻撃でも受け止めてくれる。壊れずに、いつまでも殺し合える。

リーナはまるで恋人を見るような上気した顔で、青年を一心に見つめる。

こんな気持ちは初めてだった。その、わけが分からないほど強い圧倒的な力に、魅了された。この男を――殺したいと思った。

ダメだとは理解していた。何の罪もない青年をただ自分の目的のためだけに殺すなんていけないことだ。……でも、今までと違ってなぜか、昂《たかぶ》る衝動が抑えられなかった。お互いに殺し合い……ぐちゃぐちゃになりたかった。

だって、ただ想像するだけでも快楽を感じるのに、この男を殺したら――

想像するとぶるり、とまた身体が震えた。足が震え、快感のあまり自身の身体を抱きしめてしまった。

――殺せ。

不意に、そんな声が頭から聞こえたような気がした。

――あいつを、殺せ。

脳内に、自分の声ではない何かの声が響いた。

「……………あは、あははは……ははははははははははは」

リーナは俯《うつむ》いて欲望に歪《ゆが》んだ表情を浮かべ、静かに笑い続ける。箍《たが》が外れたように、壊れたように。

収まった頃……未《いま》だドタバタと騒いでいる青年と冒険者たちをちらりと一瞥し、音もなく消える。

やっと求めていたものが、見つかった気がした。

「——おいてめえ、聞いてんのか！」

不意に、男の怒号と胸倉を摑《つか》まれる衝撃で意識が戻った。

「あれ……私、何を……」

リーナは周りを見渡し、状況を確認する。……視界に映ったのは先ほどまで歩いていた街道とは別の、薄暗い路地裏。

ここまで移動してきた記憶などまったくなかった。戸惑いながら、どういうことなのか、何が起きたのかを思い出そうとするが——

「ここの区域は俺たちが管理してるって分かってるよな？　でもお前の首には許可証が提げられてねえ。……つまり、勝手に侵入してきたってことでいいな？」

「……？　ごめんなさい、何を言っているのか——」

男の言っていることの意味が分からず、そう返答する。

「だからな、何されても——文句は言えねえってことだ！」

「——ッ!?」

叫ぶと同時、男は剣を抜いてリーナに襲いかかる。リーナは即座に地面を蹴って離れ、男と距離を取った。リーナの〝被《かぶ》っていたフード〟が風に靡《なび》いて、はらりと隠れていた顔が晒《さら》される。

「おっ……こりゃ運がいい。線が細い奴《やつ》だとは思ったが、女でしかも上玉だとはな……お前ら！　今日は最高の一日になりそうだぜ！」

男が物陰に向かってそう叫ぶと、どこに隠れていたのか大柄な男たちがぞろぞろと姿を現し、リーナの顔を見てニヤニヤとした眼《め》を向けた。

「え……？」

リーナはその男たち――ではなく、自らが〝被っていたフード〟を見て、驚きに身を見開く。……こんなフードが付いた服を着た記憶など、まったくなかったからだ。

「その恰好《かっこう》、魔導士だろ？……それに、杖《つえ》も持ってねえ。……ってことは、大したことない威力の魔法しか使えねえってことだ」

にやにやと嗜虐《しぎゃく》的に笑い、追い詰めるように少しずつ近づいてくる男たち。

「……そうね、確かに魔法は使えないかしら」

「だよなぁ？　強引にやってもいいが、どうする？　大人しくするなら壊れないように優しく、気持ちよくしてやるぜ？」

なぜ見覚えのない場所に自分がいたのかも、フードを被っていたのかも分からないが……今はそれよりも目の前のことをなんとかしようと思い、答える。

「私、確かに魔導士だけど――」

男たちの手がリーナの身体に伸び、触れようとした瞬間――

「あんまり、魔法は得意じゃないのよね」

そう呟《つぶや》くと同時、血しぶきが周囲を赤く染め上げた。

リーナの身体の至る所に隠されていた〝暗器〟が宙を舞い、右手に握った小太刀の刀身が、紅蓮《ぐれん》の魔力を纏い妖しく光る。

「あーあ……汚れちゃった。私、けっこう綺麗《きれい》好きなのに……気持ち悪いわね。早くシャワー浴びないと……」

自身の身体に付着した血を苦々しく嫌そうに見た後、これからのことを考える。

なんでこんな所にいたのかは後にして……まずはこれからどうするかだ。暗殺に失敗した自分はアンテットマン家に戻れないし、今まで受けてきた依頼などの報酬金は家に置いてある。取りに帰ることは難しいだろう。

あの青年を殺すにしても、今の自分の実力では赤子の手を捻《ひね》るようにやられるだけだ。

あの圧倒的な力と戦うだけで快感を得られるとは思うが、死闘ができるとは思えない。

「……しょうがないわね」

リーナは少し考えて結論を出し、ため息をつく。

自分の実力では到底あの青年を殺すことはできない。

なら――嫌だが、アンテットマン家を追い出されたあの人物に教えを乞うことにしよう。

実力は自分のほうが上だが、暗殺術に関しては相手のほうが上だ。……気は進まないが。

でも――どこに住んでいただろうか。あまり好きな人物ではない……というか嫌いな人物なので、よく思い出せない。

「うーん……確か――」

しばらく頭を捻り、思い出そうとするリーナ。

そして、思い出したのか顔を上げ……こう言った。

「〝マギコスマイア〟……だったかしら」

閑話　魔王さまと骸骨ちゃん

「遅い、遅いのじゃ……」

ユニウェルシア王国から最北端の未踏破区域——ラススヴェート大陸にて。

「さすがに……遅すぎるのじゃ……」

魔王城の無駄にだだっ広い玉座の間で、一人の少女がペタペタと同じ所を、行ったり来たり歩いていた。

いや……少女というよりは幼女といったほうがいいだろうか。

血色がよく健康的な、もちもちの肌。

肩口まで伸ばされた、毛先がちょこんと丸まったのが特徴的な、滑らかな金髪。

髪色と同色の輝く瞳はリスのようにくりくりと丸く、童女のかわいらしさを強調させる。

そして——一番特徴的なのが、人間には存在しない、先ほどからぴょこぴょこと動くふさふさの耳と、身の丈ほどの大きさの九本の尻尾。

今代の魔王であり、妖狐《ようこ》の少女——ルナ・ドゥルケ・エウカリスは、魔王としての威厳を微塵《みじん》も感じさせない、落ち着かない様子で部屋を歩き回っていた。

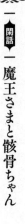

というのも先日、配下であり四天王を自称する少女——ユーリ・ヴァストールク・カーフェスにあるお願いをしていて、まだ戻ってこないからである。

約束の期日は既に一週間を過ぎている。いくら何でも……これは遅すぎる。そう思い、先ほどから落ち着きなく歩いているのだ。

「——うえええええん！　まおうさまぁぁ!!　聞いてくださいよぉぉ！！！」

せわしなく部屋中を歩いていると、玉座の間のでかい扉がバーン！　と勢いよく開かれ、ようやく件《くだん》の人物が帰ってきた。——なぜか骸骨の姿のままで、鼻水を垂らして泣きながら。

「おそ——な、何で泣いてるんじゃお前？　あ、あと……その姿で入ってくるなと、い、言ってるじゃろが」

ルナはあんまりにも遅かったので、勢いよく怒ろうとする。

しかし、おどろおどろしい骸骨の姿で泣きながら入室してきたユーリに面喰《く》らい、怒りの言葉を飲み込む。ルナはユーリのこの姿が怖いから嫌いだった。

ユーリは「あ、そうでしたぁ」と今、気づいたかのように指をぱちんと鳴らし、自らにかけていた魔法を解除した。すると、一瞬だけ黒々とした闇が発生し、ユーリの身体《からだ》が包まれて——

——晴れた頃には、華奢《きゃしゃ》な少女が立っていた。

触れれば壊れてしまいそうな、陶器のような白い肌。

翠玉《すいぎょく》の如《ごと》く、碧《あお》く輝く宝石のような瞳。

腰まで伸ばした、深い翡翠《ひすい》色の髪。

頭にはアクセサリーなのか、実物大の人骨の頭を模した、特徴的なお面の魔導具を着けている。

身体の線は細く、まるで深窓の令嬢のような見目をした、少女だった。——外見は、だが。

「それで！　ほんと、ほんとうに大変だったんですよ！　ライフストックもほとんどなくなっちゃうし、再構成するのに時間かかっちゃうしでぇ——」

残念なことに、この少女の外見と中身はまったく一致していなかった。少し口を開けばべらべらと喋《しゃべ》り倒し、やかましく喚《わめ》く。非常に残念な美少女だった。

「……はぁ。お主、もうちょっと落ち着けんのか？　急に入ってきてまくし立てられても、順序立てて話さなきゃ何言ってるか分からんじゃろ」

ルナがそう注意すると、「えっと……つまり、どういうことですかぁ？」と腹が立つ顔で言うユーリ。ルナは思わずイラッとしてぶん殴りたくなった。

「……まあ、いい。それで、頼んでおいたことはちゃんとできたんじゃろうな？」

「それがですね！　もうあり得ないくらい、強い人間がいまして——」

「…………はぁ？」

ユーリの言っていることが分からなくて、疑問符を頭に浮かべるルナ。

「……エタールで誕生した〝黒髪勇者〟の動向を探るのと、ついでに菓子店での買い物を頼んだはずなんじゃが……お菓子はどこにあるんじゃ？」

「あ、それなんですけど……せっかくなら魔王さまに全部プレゼントしちゃおうかなって思いまして……エタールをアンデッドの街にしたんですよぉ！　やっぱり部下として、魔王さまのことは誰よりも分かってるつもりなので！」

「………………………は？」

ユーリの返答に、ルナは無表情で固まり……その後わなわなと口を震わせ、頭を抱える。

「…………最悪じゃ…………まじで最悪じゃぁ」

「魔王さま？　どうしました？　あ、さてはわたしが有能すぎてびっくりしてるんですね！　ふふ……褒めてくれてもいいんですよ！」

ユーリは「褒めて！　魔王さま褒めて！」とルナの小さなお腹《なか》に、頭をぐりぐりと押しつける。ルナは本気でこの部下に殺意が湧いた。

……そもそも、ルナがユーリに頼んだのは、エタールで誕生した〝黒髪勇者〟なる人物の敵前調査……という建前で、エタールの菓子店でのおつかいをお願いしたのだ。

本当はルナ自身が行きたかったが……魔王である自分が安易に動くわけにはいかないと

思い、行けなかった。なら別の人物に行かせようとなって、ちょうど空いていたユーリに行って貰《もら》うことにしたのだ。

ユーリは四天王の中でもアホなのでめちゃくちゃ心配だった。でも、出発前に百回くらい言い聞かせたので、さすがに大丈夫だと思った。

念のため、魔族だとバレたときのために《幻術》の《古代遺物《アーティファクト》》を渡し、エタールの結界を抜けられるように、人間の魔力波長に合わせた《同調》の魔導具も渡した。

だが……結果がこれ。ウキウキでお菓子を待っていたら全然帰ってこなくて、心配していたらこれである。完全にユーリの頭の悪さを見誤っていた。お腹いたい。

「もう嫌じゃ！　わしもう魔王辞める!!」

ルナは体育座りになって顔を埋《うず》めてうずくまり、「もう限界じゃ」「おうち帰る」と泣きそうな声で吐露する。

「わがまま言っちゃ駄目ですよ！　魔王さまは【色欲《ラスト》】の魔印に選ばれたんですから！　それに、わたしがついているので大丈夫です！　一緒に他の魔王と勇者をぶっ殺しましょお!!」

キラキラとした眼で物騒なことを言い「えいえいおー！」と拳を突き上げるユーリ。その反面、ルナの心はうつうつと落ち込んでいく。

……そもそも、ルナは人間と戦うつもりなど、毛頭ない。

元来、ルナは平和主義者なのだ。人間は好きだし、魔族とも争いたくない。

なので、誰とも争わないよう、山奥で山の恵みを食べながら、たまに変化して街へ降り、お菓子を買ったりして……それはもう平和に、ひっそりと暮らしていたのだ。

それがある日突然、【色欲《ラスト》】の魔印に選ばれて、あれよあれよと魔王に担ぎあげられてしまったのだ。最悪である。

それに――人間は魔王が一人だけだと思っているようだが……それは間違いだ。

勇者が複数人現れるように、それに対して魔王も複数人誕生する。……最終的に残るのは一人だけだが。

現れる魔印は、人の欲望を表す
【傲慢《プライド》】

【嫉妬《エンヴィー》】

【憤怒《ラース》】

【怠惰《スロース》】

【強欲《グリード》】

【暴食《グラトニー》】

【色欲《ラスト》】

の七つから選ばれ、身体のどこかに刻まれる。

より強い性質の欲望を持っている魔族ほど、選ばれる傾向にあるが……詳しくはよく分かっていない。

その法則だと、童女の姿のままで成長が止まったルナが【色欲《ラスト》】に選ばれたわけが分からないからだ。本当になんで選ばれたのか分からない。理不尽すぎる。

魔王は複数誕生するが、最終的に勇者が倒すべき魔王は一人のみ。

というのも、魔王が他の魔王を倒したら、魔印が継承されてしまうから。

そして、最終的に自分以外の六人の魔王を倒し、すべての魔印を手に入れた魔王が、勇者と戦うことになる。

ちなみに、すべての魔印を手に入れた魔王でなければ、なぜか勇者には傷一つ付けることができない。戦ったところで、聖剣を持った勇者に何もできずフルボッコにされるだけである。

だから……より強い力を得たい魔王は当然、他の魔王を殺して魔印を奪おうとする。魔王に選ばれる魔族は大体、好戦的で頭のネジが外れているので絶対に奪おうとしてくる。

……好戦的でない例外は【怠惰《スロース》】くらいだ。……だが、【怠惰《スロース》】はまだ所在が分かっていない。

ルナとしては早めに接触して、協力関係に持ち込みたいのだが……一向に見つからない。

他の五人はもう誕生しているのに、【怠惰《スロース》】だけが見つからない。魔族じゃなくて人間に魔印が現れてるんじゃないかってくらい見つからない。

ルナは絶対に他の魔王と戦いたくないし、人間とも争いたくない。平和に生きたい。でも――

「――大丈夫です魔王さまぁ！　わたしが他の魔王も勇者も殺して、魔王さまを世界の支配者にしてあげますからね！　人間どもはみんな魔王さまの家畜にしますよ！」

この頭がイカレた骸骨少女がいる限り、それは難しかった。

「い、いや……それはちょっと勘弁願いたいんじゃが……」

「何を言うんですか！　魔王さまこそがこの世を統べる王！　魔王さま以外に相応《ふさわ》しい魔族はいません！　わたしはそのために四天王になったんですから！　だから――」

顔を上気させて、いかにルナが素晴らしいかを語るユーリ。「そんなに心酔してるなら人の話聞けよ」とルナは思った。

だが……こんなのでも、魔法殲滅《せんめつ》力では四天王最強。

《滅月災厄《エクリプスカタストロフ》》なんて喰らった暁には、どんな魔王でも街ごと消滅するだろう。速度が遅いから、たぶん喰らってくれないだろうけども。

ルナは戦闘力の面では最弱に等しいので、《深淵黒炎《テネブライフランマ》》一発で死に絶える自信がある。だからあんまり強く出られないのだ。怒って魔法連発されたら死んじゃうし。怖い。

そもそも……他の四天王もそうだが、なぜユーリたちが自分に付いてくるのかが分からない。

普通、魔王のカリスマ性とか強さに惹《ひ》かれ、部下になり、服従を誓うのだ。

なのに、ユーリたちは「かわいい」「尊い」「幼女神」「もふもふ」とか訳の分からない理由で付き従ってくる。【色欲《ラスト》】の権能である《魅了》は一切使ってないにもかかわらず、である。

「――それで、魔王さまのためにエタールで黒髪勇者をぶっ殺して、アンデッドの街にしたんですけど……あり得ないほど強い人間が、元通りにしちゃったんですよ！　あ！　詳しくはこの《映像結晶》に記録されてるから見てください！」

ユーリは頭につけた骸骨のお面から、ガサゴソと《映像結晶》を取り出し、床に配置する。大体聞き流していたから何言ってるか分からなかった。

「……どうせ、また変なことして自爆でもしたんじゃろ」

ルナは胡乱《うろん》げな目付きで、ユーリを睨《にら》む。

なぜかこの骸骨少女は敵の前だと、「かっこいいから」とかいう意味不明な理由で、自らの理想の四天王像を演じるのだ。

おどろおどろしい骸骨に変化し、不意打ちすればいいのにわざわざ姿を現して名乗りを上げ、すぐには倒さずに舐《な》めプして圧倒的強者感を醸し出す。

それに、【死喰《しぐい》】のカーフェスとか名乗っているが……四天王にそんな痛々しい呼び名はない。普通にユーリとかユーちゃんとかいう名前で呼ばれてる。

以前、「何でそんなことしてるんじゃ？」と聞いたら、「黒魔人様が教えてくれたんです！」と言っていた。詳しく聞いたら、五年前に出会った黒い魔人に影響されて、『かっこよさ』を教えて貰ったらしい。意味が分からない。

そんなユーリの言っていることなので、ルナはまったく信じていなかった。所詮世迷言《よまいごと》だろうと高を括《くく》っていた。だが――

「――あ、あ、ああああああ…………！！！」

映像結晶に映し出されたのは、予想通り変な言動で舐めプをするユーリと――圧倒的な力を持った黒髪の青年の姿。

「ほんとあり得ないですよね！　わたしのライフストック、一万ちょいあったのにもう三しかないし！　そのせいで身体《からだ》の再構成に時間かかるしで……もう散々でしたよぉ！」

ルナは身体をガクガクと小刻みに震えさせ、冷や汗が止まらなくなる。ユーリが何か、大声で喚いているが、それすらも聞こえない。だって――その姿に、見覚えがあったから。

あれは――まだ魔王じゃなく、森の奥で平和に暮らしていた頃。

『ア……アァァア……』

いつも通り、早起きして山菜の採取に行ったら……頬が痩せこけた、アンデッドのような黒髪の魔人に出会ったのだ。

「ひっ！　た、《不死浄化《ターンアンデッド》》！」

あんまりにもびっくりしたので思わず、対アンデッド浄化魔法《不死浄化《ターンアンデッド》》を使ってしまった。

『――《不死浄化《ターンアンデッド》》』

だが、その魔人にはなぜか効かず――逆に、不死浄化《ターンアンデッド》をやり返してきたのだ。

もうその時点で意味不明だった。見た目アンデッドなのになぜか効かないし、《不死浄化《ターンアンデッド》》の術式を一瞬で理解して、行使し返してきたのだから。意味が分からなすぎた。

その後は、いつまでも追いかけてくる魔人から泣き叫びながら逃走し、三日飲まず食わずで逃げ続けて……なんとか生き残ることができた。

あのときは本当に殺されるかと思った。そのせいで、今でも黒髪が怖くて怖くて仕方がない。完全にトラウマになっていた。

エタールに現れた黒髪勇者を見てきてと頼んだのも、もしかしたらあのときの魔人じゃないかと思ったからだ。そうだったら絶対に近寄らないようにしようと思っていた。なのに――

――この黒髪の青年は、ルナにトラウマを植えつけた魔人にそっくりだった。

餓鬼のように薄暗く、濁った瞳。

深淵《しんえん》の如《ごと》く、真っ黒な髪。

当時のように痩せこけた姿ではないが……直感で分かった。「あ、あのときの魔人だこれ」と。

「し、死ぬ……！　また会ったら殺される……！」

なんか昔よりも格段にパワーアップしているし、あんなに執念深く追いかけてきた男だ。

次会ったら絶対に殺しに来るに違いない。

そもそも、《滅月災厄《エクリプスカタストロフ》》を掻《か》き消し、死の王《ノーライフキング》であるユーリのライフストックを一気に一万吹き飛ばすような化け物に勝てるわけがない。出会ったら死ぬ、絶対に死ぬ。

ルナが体育座りでガタガタと震えること三十分弱。

「……よし、決めたのじゃ」

やっと震えが収まり、決心した顔で立ち上がった。

ルナは「ちょっと出かける」とだけ言い、玉座の間の無駄にでかい扉に向けて、とてとてと歩き出す。

「魔王さま？　どこに行かれるんです？」

もうこんな所にはいられない。魔王として歩き回るのは危険だと思っていたが、そんなことは言っていられなくなった。

　このまま魔王城で引きこもっていても、他の魔王やあの黒髪魔人に怯《おび》える日々を過ごすだけだろう。

　ならせめて……悔いを残さないように、ずっと食べてみたかった、あの有名菓子店のお菓子を食べておきたい。どの勇者の聖剣も、まだ覚醒していないし……たぶん大丈夫だろう。

　そして、できることなら――昔から夢見ていた、各地を旅してみたい。色々な街の伝統料理やお菓子を食べ歩きたい。それさえできればもう悔いはない。他の魔王に命を差し出してもいいくらいだ。

「……よく分からないけど、魔王さまが行くならわたしもいきますぅ！」

　パタパタと走り、ルナのふさふさとした尻尾をもふもふしながら、ついてくるユーリ。

　ルナはできればついてきて欲しくないと思ったが……ユーリに言っても無駄だろう、と諦める。あと三名いる、クセが強すぎる部下がついてこないだけまだマシなのかもしれない。

「――それで、どこに行くんですかあ？」

　首を傾《かし》げて聞いてくるユーリにルナは振り返り、答えた。

「魔導国家――〝マギコスマイア〟じゃ」

閑話　D級冒険者カイン

僕――カイン・シュトルツには才能がなかった。

いや……それだと語弊があるだろうか。

正確にはあった。僅かばかりの――剣の才能が。

でもそんなもの、何の意味もなかった。

だって僕には、剣士に必要な、最低限の魔力すらなかったんだから。

というのも僕には生まれたときから、体内魔力――オドが一切、存在しなかったのだ。

ならば外界魔力――マナを使おうとしても、それもできなかった。

理由は分からない。

ただ、とても珍しい体質で、身体が魔力を拒否してしまっていると魔術医は言っていた。

だから僕は、剣士の必須魔法である《身体強化》すら使えず、魔力での剣技補助も使えなかった。純粋な身体能力のみで戦うしかなかった。

『――カイン、貴様はシュトルツ家の恥だ。生かして貰《もら》ってるだけ感謝するがいい』

家族は毎日、見下した顔でそう嘲笑《あざわら》った。

顔を合わせれば「出来損ない」「落ちこぼれ」「シュトルツ家の恥」と罵倒され、存在を否定される。「死んでしまえ」と言われたことすらあった。

悔しくて苦しくて……でも、何も言い返せなかった。だって、僕が落ちこぼれなのは事実だったから。

それでも僕は、まだ諦めなかった。魔力がないなら、剣技を磨けばいい。魔力の差を剣技で上回ればいいと、朝から晩まで剣を振った。振り続けた。でも――

『――弱い。お前……今まで何してたんだ？』

意味が、なかった。

いくら努力しても、僕が兄たちとの試合に勝つことは、一度としてなかった。

兄たちの数十倍、鍛錬していたにもかかわらず、だ。魔力がないというハンデは、まったく埋まることがなかった。

だから――諦めた。

どんなに努力しても意味がないから。兄たちには追いつけなかったから。

惨めだった。苦しかった。嫌だった。

でもしょうがない。だって……僕には才能がないんだ。そう言い訳して、仕方ないと思い込んだ。そうしなきゃ、心が壊れてしまいそうだった。

剣を捨て、ただ惰性的に過ごす、抜け殻のような日々を続けていた――ある日のこと。

父上に呼ばれ、こう言われた。

『喜ぶがいい。何もないお前にプレゼントだ。高ランク冒険者としての箔《はく》をつけてやる』

きっと父上は、シュトルツ家に僕みたいな者がいると知られたくないのだろう。だから、せめて外聞だけでもよくしなければと考えたのだ。

そして僕は高ランク冒険者と同行して、順調に昇格していき――B級冒険者になった。ランクだけの、お飾り冒険者に。

でも僕は、これを好機だと思った。冒険者として活動すれば、こんな僕でも対等な仲間ができるかもしれない。居場所ができるかもしれない。

すぐにパーティーを募集して、仲間を集めた。

『――よぉ、あんたが募集してたB級か？　よろしくな、〝リーダー〟』

募集から少しして、パーティーは集まった。

彼らは俗に、〝低ランク冒険者〟と言われるD級以下の冒険者たちだったが……それでもよかった。僕を仲間だと思って付いてきてくれる。それだけで嬉《うれ》しかった。

彼らとの冒険は楽しかった。

僕が決めた依頼に文句も言わず、ただ付いてきてくれた。僕にとって、彼らは初めての仲間だった。仲間だと……思っていた。

『——ほんとバカだよなぁアイツ。仲間だからって全額、装備代だすとかよォ』

『まー、そのお陰で俺らの懐が潤ってるしいいじゃねえか。〝武器壊れた〟とか〝家族のため〟とか言えば、疑いもなく金出すからなぁ。ほんと、やりやすいガキだぜ』

『へっへ……俺なんて今月、クソ高え杖《つえ》買わせてその日のうちに売っぱらってやったぜ』

『うっわ……外道だなおめえ。ほどほどにしろよ？　さすがに多いと、あのバカも疑っちまうからよ。旨《うま》い汁吸えなくなっちまう』

依頼終わり、仲間の落とし物に気づいて、街を捜し回っていたら——酒屋で談合する仲間の姿。

仲間たちは口々に僕のことを罵倒し、赤い顔で酒を飲み、楽しげに笑っていた。

「…………え？」

信じたくなかった。目の前の光景が、信じられなかった。

だって、ついさっきまで、笑顔で楽しく一緒に依頼を受けていたのだ。

そんな仲間たちが——

『——あいつ、俺が申し訳なさそうな顔で『悪いな、いつも金出して貰って。家族のために金が必要で、装備に手が回らなくてな……』って大嘘《おおうそ》こいたらなんて返したと思う？

『大丈夫、僕たちは仲間だからさ。助け合うのは当然だよ』とかぬかしやがった！　笑っちまうよなぁ！　俺たちはそんなこと欠片《かけら》も思ってねえ、ただの金づるとしか思ってねえのによ！』

ギャハハと下品に笑う、仲間たち。いや——仲間だった、冒険者たち。

僕は頭が真っ白になって、何も考えられなくて……その場から逃げ出した。もう聞いていられなかった。

僕は、必要とされてなかった。

必要だったのは、シュトルツ家の金だけ。

僕——カインという人間は必要じゃなかった。

「…………なんで、なんでだよ。僕は……僕は、仲間だと思ってたんだぞ。……なのに、どうして——」

冷たい雨に打たれながら、数時間ただ当てもなく歩いていた。そして——分かった、なんで僕が裏切られたのか。

「——そうか。ゴミだ。あいつらはゴミなんだ。高ランク冒険者に寄生するゴミ。貴族に媚《こび》を売るゴミなんだ。……そうだ、そうに違いない。あいつらは、低ランクはどうしようもないクズだ。低ランクは——全員、ゴミクズだ」

魔力もない。お飾りB級冒険者で他に何も持っていない僕は……必要じゃなかった。シュトルツ家の人間という僕しか求められていなかった。

なら——初めから、そんな奴《やつ》らは必要ない。金だけが目当てのゴミなんかとパーティーを組むくらいなら……一人のほうが、いい。

僕はすぐに、ギルドにパーティー解消の申請を出した。

かつて仲間だったゴミが追いすがってきたが……罵倒し、金貨を数枚投げると喜んで拾い、どこかに去っていった。

やっぱり……低ランク冒険者はゴミしかいない。

貴族に取り入って金を絞ろうとするクズだけだ。

僕はこの日から、他人を見下す態度を取るようになった。

虚勢を張って上から目線にならなければ、冒険者として若い僕は、すぐ舐《な》められてしまうから。だから、家の名前も使った。自分を強く見せる必要があった。

そのせいで、どこのパーティーにも入れて貰えず、いつも独りぼっちだったが……それでもよかった。また裏切られるくらいなら、仲間なんて作らないほうがいい。そう思っていた。

そんな生活を続け、一年ほど経《た》ったとき。

銅プレートを首に提げた、十七歳くらいの茶髪の冒険者が、こう声をかけてきた。

『お前……辛《つら》そうだけど、大丈夫か？』、と。

余計なお世話だった。だから、僕はいつものように罵倒し、突っぱねた。「低ランクの分際で僕に意見するな」「不快だから消え失《う》せろ」と、カッとなって、普段より苛烈で高圧的に言った。

『悪かったよ。……でも、なんかお前のこと、嫌いになれないんだよなぁ。ちょうど今、パーティーメンバー募集してるからさ。気が変わったらいつでも言ってくれよ』

僕が罵倒してもなお、その男はへらへらとした態度でそんなことを言ってきた。……冗談じゃない。どうせこいつも、金が目当てに違いない。裏切るに決まってる。信じられるわけがなかった。

そして、突っぱねたその日の夜、珍しく、父上が上機嫌で僕を呼び出した。

『──カイン、やっと貴様が役立つときが来たぞ。本当はリードやヴェイルを行かせる予定だったが……急用で行けなくなった。だから、貴様に行って貰う。媚を売ってでも、依頼主に気に入られてくるんだ。分かったな？』

何でも、ある貴族の護衛依頼を受けたらしく、その貴族が王族と太いパイプを持っている人物だという。

兄たちが行くはずだったが、外せない用事を任せていて、僕しか空いてる人物がいないらしい。

「……分かりました、父上」

本当はやりたくない。でも……断ることなんかできるわけがない。そんなことをしたら、僕はこの家にいられなくなる。すべてを失ってしまう。

すぐに依頼の日時はやってきた。

重い足取りで僕は集合場所に向かう。すると――ある人物が視界に入ってきた。

【攻】の勇者――レティノア・イノセント。

【聖剣グランベルジュ】に選ばれし今代の勇者の一人で、伯爵の地位を持つ、イノセント家のご令嬢。

以前、一人で依頼を受けたとき、魔物に襲われているところを助けられて――その自由奔放な姿に、僕は憧れた。

「勇者さ――」

すぐさま、声をかけようとする。そして、気づいた。勇者様が――ある男の冒険者に積極的に話しかけているのを。

「銅プレート……」

その冒険者の男は、鈍色《にびいろ》の銅プレートを首に提げていた。

態度はやる気が微塵《みじん》も感じられず、伯爵家であり、【攻】の勇者でもあるレティノア様に敬語すら使わない。

気に食わなかった。低ランクの分際で、失礼な態度をとる男が心底気に食わなかった。

そもそも、この依頼はエタールまでの護衛依頼。D級であるこの男が役立てるとは思えない。分不相応にこの場に存在している男が許せなかった。

「――なんで、この場にD級のゴミがいるんです？」

だから、追い出すためにそう言った。どうせこの男も、レティノア様や依頼主の貴族に取り入る、ゴミクズに違いない。そう思ったから。

金貨を投げ捨てれば、今までのゴミと同じように、喜んで去っていくと思った
『この金で茶菓子でも買って依頼主に媚売ったらどうだ？　親の金でB級になれた――高ランク冒険者サマ？』

でも、この男は去らなかった。あまつさえ、僕を馬鹿にすることまで言ってきた。カッとなって――思わず、剣を抜いてしまった。ダメだとは頭で分かっていた。でも、図星を突かれて、身体《からだ》が動いてしまった。……それが、ダメだった。

『私はエタールまでの護衛依頼をお願いした依頼主です。シュトルツ家から一人、腕利きの冒険者を送ると言われていたのですが……聞き間違いだったみたいですね』

サーッと、頭から血が抜けていって、顔が真っ青になった。

やってしまった。よりにもよって、父上に気に入られてこいと言われていた人物に、失態をおかしてしまった。

依頼主の少女の僕を見る目は冷たく、もうどうやっても修復不可能なほど冷え切っていた。

……もう、失態は許されなかった。これ以上は、父上に失望されてシュトルツ家を追い

出されてしまうかもしれない。そしたら、家名を失った僕に価値なんてない。それだけは……それだけは、絶対に嫌だ。

僕はエタールまでの道中、置物のように過ごした。

冒険者たちは遠巻きに見るだけで、僕をいないものとして扱った。それもそうだ。そもそも僕は冒険者間での、評判が悪い。話しかけられないのも当たり前だ。それなのに——

『あ、お前もいる？』

——D級冒険者の男だけは、なぜか何度も話しかけてきた。

「……うるさい」

顔を見ることもできず、ただそれだけ返す。あんなに罵倒した相手に、合わせる顔なんてなかった。

『いらなかったら捨ててもいいからさ、ここ置いとくわ』

男はそう言い、手に持っていた飴《あめ》細工のお菓子を僕の傍《そば》に置き、「食べたら感想よろしく」と言って立ち去った。

「……ッ」

意味が分からなかった。なんで、僕にそんなことをするのか。僕はお前を罵倒したんだ。なのに、なのになんで……僕を、許すようなことをするんだ。

きっとこの男は、僕が一人でいるのを見て仲間の輪に入ってこいと言っているのだろう。

だから、わざわざお菓子を渡して、「感想よろしく」と、話しかける口実を作ってくれたのだ。でも、僕にはそんなこと――

「………………」

ぼーっと、地面に置かれた飴細工のお菓子を見る。

精巧な龍をかたどったお菓子だ。キレイで、甘そうで――

「おおー？　なんかここにおかしある！」

「あっ……」

お菓子を見ていたら、レティノア様が、持っていってしまった。

そして――カッと、怒りで顔が赤くなる。お菓子を取られたことではなく……お菓子を取ろうと手を伸ばしていた自分に、気がついたから。

『ンンッ…………おい、どこ行くんだ？　食わねえの？』

『まあ……気が向いたら来いよ。早く来ないと俺が全部食っちまうぞ？』

『よ、今日は『ぷりん』ってお菓子だけど、いる？　いらないいなら他の人にあげるけど』

それから毎日、D級冒険者の男は話しかけてきた。

止《や》めて欲しかった。これ以上、僕に優しくしないで欲しかった。なんで僕を許そうとするんだ。もう放っておいてくれ。僕はお前に、あんなにひどいことを言ったんだ。罵倒されてしかるべきなんだ。

僕は、耐えられなくて……逃げた。

歩み寄ってくれたのに、僕は歩み寄れなかった。

だって、今まで散々人を見下して生きてきて、今更仲良くするなんて……できるわけがない。僕には無理だ。もう変われないんだ。

早くこの依頼が終わって欲しかった。この空間から抜け出したかった。

そして――早く終わってくれと願い続け、あと少しで依頼完了というところまで来た。

やっと、やっとこの空間から抜け出せる。そうすれば、僕はまた元通り――シュトルツ家のカインとして生きることができる。


――それでいいのか？


一瞬、そんな思いが脳裏に過《よぎ》った。

すぐに頭を振り、考えを消す。

――このまま一生、シュトルツ家の傀儡《かいらい》として生きるのか？　本当にそれでいいのか？

消したのにもかかわらず、次々と考えたくもない思いが僕の声として脳内に響く。

「……うるさい、うるさいうるさい！」

頭がガンガンと響いて……思わず、両耳を押さえてじっとうずくまる。

そのまま数分ほど、耳を押さえ続け……やっと、声が聞こえなくなった。

ほっと安心し、息をつく。

そして、エタールまであと数十分ほどで到着するという所で――

『――大変だ！　エタールが……エタールが!!』

先行していた斥候の、焦った声が聞こえた。


地獄だった。それは紛れもなく、地獄のような光景だった。

怖かった。今すぐにも逃げたかった。死にたくなかった。

「お、おい！　逃げたほうがいいんじゃないか!?」

震える声で、叫んだ。一秒でも早く、この場から去りたかった。でも――

『逃げてぇなら……そうすればいいじゃねえか。帰ってスヤスヤ寝ればいい』

誰も、逃げなかった。

「な、何でみんな逃げないんだ!?　怖くないのか！　命が、惜しくないのかッ!!」

理解ができなかった。

誰だって自分の命が一番大事なはずだ。それなのに、誰かのために命を投げ捨てるなんて……意味が、分からない。

この場の全員が、決意を固めた瞳で……家族を、大切な人を守るために戦おうとしている。勝てるかも分からないのにもかかわらず。

比べて……自分が、ひどくちっぽけな存在に感じられた。保身しか考えず、我先にと逃げようとした自分が……情けなかった。

それほどに、彼らの姿はかっこよかった。輝いていた。英雄のようだった。僕も――そうなりたいと、思った。

「………僕でも、役に立てるだろうか？」

気づいたら、そう呟《つぶや》いていた。

本当は怖かった。今すぐにでも、逃げたかった。

でも――もしかしたら、これが僕が変われる最後のチャンスかもしれない。そう思ったから。

彼らと共に戦って、乗り越えられれば……本当の仲間になれるかもしれない。こんな僕でも、必要だと思ってくれるかもしれない。

濃密な魔力に当てられて、身体がどうしようもなく震えた。膝が笑って、倒れそうだった。でも――倒れるわけには、いかなかった。

『……んだよ。根性あるじゃねえか。もちろん、大歓迎だ』

彼らは、僕を笑って受け入れてくれた。

嬉《うれ》しかった。これが――仲間なんだ。そう感じた。

絶対に足手まといにはならないようにしようと決意した。魔法は使えないけれど、剣には少し自信がある。アンデッド数体ならば、僕でも倒せるはず。それなら役に立てる。

そう、思っていたのに――

『……でハ――これはドうでショウ？』

足を、引っ張ってしまった。

D級冒険者の男は、あり得ないほど強かった。

骸骨の魔物を圧倒し、すべての魔法を、いとも簡単に無力化していた。

あと少しだった。あと少しだったのに……魔力がない僕が、《操作魔法》をかけられてしまった。仲間の、足枷《あしかせ》になってしまった。

『別に、そいつ仲間じゃないぞ』

でも、D級冒険者の男にとって――僕は仲間じゃなかった。

一瞬だけ、頭が真っ白になったが……すぐに、仕方ないと思えた。だって、僕はこの人にあんなひどいことを言ってしまったんだから。歩み寄ってきてくれたのに拒否して……

今さら仲間にしてくれというのは都合がよすぎる。当たり前だ。

「ぼっ……僕のことはッ……き、気にしなくていい！　負担になるくらいなら……ここで、こいつもろとも殺してくれ!!」

それならせめて、仲間じゃなくても足枷になるくらいならと、そう叫んだ。

「ぼ、僕は、誰にも必要とされなかった。ならここで死んでも……死んでも、いい！」

実の家族にすら必要とされず、「死んでしまえ」と言われた僕だ。

魔力も、才能もなく、できるのは少し剣が使えるだけ。ここで生き長らえたとしても……シュトルツ家の傀儡としての一生を終えるだけだろう。なら──せめて最期は、華々しく散りたい。散らせて欲しい。

『……確かにお前は高飛車で自分第一なクソ野郎だ。でもまだ俺には〝必要〟だ。だから、死なせない』

だけど……男はそれを許さなかった。

分からなかった。「仲間ではない」と言っておいて、「死なせる気もない」とは、どういうことなのか。

それに、僕が必要って──

「──ぁ」

真意に気づいて、擦《かす》れた声を漏らす。

思わず、顔をくしゃくしゃにして、泣きそうになった。

『お前はまだ変われる。今は仲間にできないが……変わって、俺についてこい。お前が俺には必要だ』

きっと、そう言っているのだ。だから、お菓子を差し伸べたり、話しかけたり……何度も、変わるためのチャンスを与えてくれた。あんなにひどいことを言った僕を許して、なお必要としてくれた。

あまりにも——器が大きすぎた。何度も突っぱねた僕を許し、何度でも歩み寄ってくれる。僕を必要としてくれている。その事実が、たまらなく嬉しかった。

そしてこの人は、瞬きをする間もなく、魔物を消滅させた。僕に当たらないように細心の注意を払い、操作魔法が解けるように一瞬で。

少しでも、魔物に知覚する暇を与えていたら……操作魔法の影響で僕は道連れになっていてもおかしくなかった。それも考慮して、この人は一瞬で消し飛ばしたのだ。

かっこよかった。物語の英雄のような、圧倒的な力を持っているこの人に……ひどく焦がれた。憧れた。僕も——こうなりたいと思った。

——僕は、変われる。

この人が、そう教えてくれた。シュトルツ家としての家柄しか価値のない僕ではなく、カインとして生きろと、教えてくれた。

なら、僕は変わってみせる。そしていつか——この人の隣で一緒に戦えるようになりたい。認めて貰《もら》いたい。

僕は逸《はや》る気持ちでいても立ってもいられず、「弟子にして欲しい」と頼みに行った。

『……はぁ？　なんで？　お前そんなキャラじゃないだろ？』

だが有無を言わさず、断られてしまった。

でも、それもそうだ。今の僕が弟子になんてなれるわけがない。

きっと、「もっと認められる男になってからまた来い」そう言っているのだろう。今のままの実力じゃダメだ、と。

嬉しかった。こんな僕に、期待してくれていることが。何が何でも、強くなってこの人の役に立てるようになろうと思えた。

こんなに強いのに、なぜかD級なのも——何か重大な理由があるのだろう。

もしかしたら、ギルドが何らかの理由で上げさせようとしないのかもしれない。僕が不正でB級になれたくらいだ。薄暗い内情があるに違いない。

まさか昇格試験がめんどくさいから上がらないなんてことはないだろうし……………うん、そうだ。それ以外考えられない。なら僕が——

「……よし！」

少し考え、目標が決まった。

僕は――すべてのギルドを束ねる、ギルドマスターになる。

そして制度を変えて、尊敬するあの人をSSS級の冒険者にしてみせる。きっと、喜んでくれるはずだ。そうしたら、僕のことを認めてくれるだろう。

でも……まずはその前に――


「――様！　カイン・シュトルツ様！」

肩をゆさゆさと揺らされ、呼びかける声で僕はハッと気がついた。

……どうやら、尊敬する師匠のことを思い出し、ぼーっとしていたようだ。どうしよう、まったく、話を聞いていなかった。

「それで……本当に、よろしいのですか？」

冒険者ギルド、新規登録受付と書かれたカウンターに座っている受付の女性が、疑問を隠そうともしない表情で、僕にそう問いかける。

何のことだろうと思ったが……ちらりと、カウンターの上の登録情報が書かれた書類を確認し、何を言いたいのかを理解した。

「……ええ、これでいいです。むしろ――これがいいです」

「で、でも！　B級からD級になるなんて……前例がありません。それに、シュトルツ様の剣技なら、C級からでも可能です！　なのに、D級からなんて――」

受付嬢は困惑しながら、食い下がる。

……実は先日、ギルドに冒険者として再登録するため、試験を受けた。

現役の剣士であるC級冒険者と模擬戦を行ったのだが……なんと、僕が勝ってしまったのだ。

相手は《身体強化》を使っていたけど、僕のほうが剣技で上回ったらしい。絶対に勝てないと思っていたから、本当にびっくりした。

近衛《このえ》騎士団である兄たち以外と試合したことがなく、いつもC級以上の依頼を受けて強い魔物と戦い、苦戦していたから……自分の実力がどれほどなのか、よく分かっていなかった。嬉しい誤算である。今までの努力は意味があったのだ。

剣技が評価され、C級から始められるらしいけど……どうせなら、D級からにしようと思った。

特に深い意味はない。

でも――なんとなく、師匠と同じ階級なのが、どこか嬉しかったから。

「せっかく、昇格試験を飛び級してC級になれるんですよ!?　本当にそれで――」

「――カイィィン！　早く！　早くしろよー!!」

なおも食い下がる受付嬢の言葉を遮り、僕を呼ぶ男の声が聞こえてくる。

振り返ると——以前、僕に話しかけてくれた十七歳くらいの茶髪の冒険者が、ギルドの出入り口で「早く来い」と叫んでいるのが分かった。

「早くしろよォ！　早くしないとマギコスマイア行きの馬車がもう出ちゃうってぇ！」

「アルトぉ！　あんたが出発時間まちがえてたのが悪いんでしょうが!!……カイン、焦らないでいいからね」

騒ぐ茶髪の少年——アルトを、隣にいたアルトの幼馴染《おさななじみ》の少女——ルーゼが怒鳴り、べしっと叩《たた》く。

アルトたちは「いでぇ！　何すんだよこの暴力女！」「あんたが悪いんでしょこのバカ！」と、ドタバタと言い合う。

僕はその二人の様子を見て、苦笑いを浮かべた。この二人はしょっちゅう喧嘩《けんか》しているが……それも、長い付き合いだからなのだろう。羨ましい限りだ。

……あれから僕は、今まで迷惑をかけていたことを、ギルド中に謝罪して回った。

というのも、事あるごとに人を見下す態度をとっていたせいで、ギルド内での評判がすこぶる悪かったからだ。

特に、低ランク冒険者の人には強く当たっていたから……ひどく不快にさせてしまっていただろう。

だから僕は、誠心誠意謝った。今までの自分をリセットするために。土下座しろと言われたら迷わず土下座した。された人はけっこう引いていた。

みんな、急に態度を変えた僕に胡散臭《うさんくさ》そうな顔で、警戒していたが……それでも、ほとんどの人は最終的には許してくれた。

そして――前に声をかけてくれたアルトにも謝罪し、パーティーに入れて欲しいと頭を下げた。

入れて貰えるか不安だったけど……アルトはにっと心底嬉しそうに笑い、快く僕を受け入れてくれた。

あまつさえ、歓迎会まで開いてくれたのだ。本当に……気のいい仲間である。

僕は「これでお願いします」と書類を差し出し、受付を後にする。これで僕はD級冒険者になった。少し感慨深い。

「待ってください！　あの……この書類、家名が抜けていますが……？　カイン様はシュトルツ家の方ですよね？」

受付嬢が、不思議そうな顔で問いかける。

「ああ、それは――」

答えようとするが……正直に言うのもどこか恥ずかしくて、言いよどむ。

……実はもう、僕はシュトルツ家の人間ではない。

父上に「これからは自分の力だけで生きる」と言ったらすごく言い争いになって……結局、追い出され、勘当されてしまったのだ。

……まあ、そんなことはもうどうでもいい。僕はもう、決めたのだから。

「……いえ、そのままで問題ないです」

「え、ですが――」

受付嬢はまだ何か言いたげだったが、それだけ言って、出口に歩き出す。

「シュトルツ様！　まだ書類の記入が――」

足を止め、振り返ろうとする。……もうその名前では呼ばれたくない。だって僕は――

「――カインんん！　早くぅ！　早くしないと馬車がぁぁぁ！」

「だからぁ！　あんたのせいでしょぉ！」

「いでで！　耳はやめて！　痛い！　痛いってぇ！」

にぎやかな仲間の声が聞こえてきて、頬が緩む。そして――前を向いて、仲間たちの元へ歩き出す。

「シュトルツ様――」

止める受付嬢の声に僕は振り返り、言った。

「僕はカイン、ただの――――カインです」

あとがき

はじめまして、白青虎猫と申します。

ペンネームの読み方はそのましろあおとらねこで、由来はうちで飼っている愛猫が白猫（白）、ロシアンブルー（青）、キジトラ（虎）だからです。安直！

まずは感謝から。数ある書籍の中から拙作をお手に取っていただき、まことにありがとうございます！　圧倒的感謝ッ……！

突然ですが、僕は割とダメ人間です。

毎日汗を流して働きたくないし、というか家から出たくないです。ちなみに、子供の頃の将来の夢はケーキ屋さんでした。ずっと子供のままでいたかったよ……。

そんなダメ人間である僕が、何を思ったのか書いたこともない小説を書き出して小説家になろう様に投稿して、なぜか書籍化のお声がけをいただけて……こうして書籍になっているのは、もはや奇跡だと思います。人生って不思議。

さて、聞きたくもない自分語りを早々に終わらせて、ここからは謝辞を。

まずは、右も左も分からない僕に多大なるお世話をしてくださった担当編集様。

書籍化のお声がけから一巻の改稿、はたまた今後の物語展開のご相談など……めっっっちゃくちゃお世話になりました。もうこの作品は担当編集様が作ったといっても過言ではありません。表紙に記載してあるペンネームも担当編集様&りいちゅ様（でかでかと）、おまけで僕が小さく隅に書いてある、くらいでいいほどです。本当に感謝してます。ありがとうございます！

次に、拙作を美麗なイラストで彩ってくださったイラストレーターのりいちゅ様。

お忙しいし無理だろうなあ……とダメ元に思っていたので、受けてくださったとメールが来たときには「え？……え？」と五度見くらいしました。

素敵すぎるイラストが送られてくる度に悶絶《もんぜつ》しながら「この作品を書いてよかった……」と思っています。拙作を担当してくださり本当にありがとうございます……！

まだまだ小説家としての経験が浅く、稚拙な文章と作品ではありますが、より楽しんでいただける作品を作れるよう、今後も精進して参ります。

そして最後に、これまで関わってくださった編集者様、りいちゅ様、校正会社様、デザイナー様、そして何よりも、WEB連載から拝読していただき、応援してくださった読者のみなさま……すべての方へ心からの感謝を申し上げます！　ありがとうございました！

白青虎猫

次巻予告
D級冒険者の俺、なぜか勇者パーティーに勧誘されたあげく、王女につきまとわれてる
白青虎猫
Illust. りいちゅ
魔導国家マギコスマイアにて、
夢のぐうたら生活が始まったジレイ。
しかしかつての知り合いの口車に乗せられ、
王立マギコス学園の講師を引き受けることに。
「……どうして、あなたがここにいるの」
そこには、レティノアとパーティーを組んでいた
白魔導士の少女・イヴがいて……？
さらにマギコスマイアの王女も現れ、
ジレイは再び波乱の中へ――！
オーバーラップ文庫
第2巻 coming soon……

OVERLAP

D級冒険者の俺、なぜか勇者パーティーに
勧誘されたあげく、王女につきまとわれてる 1

発　行　2020年10月25日　初版第一刷発行
　　　　2022年 2 月15日　　　第二刷発行

著　者　白青虎猫

発行者　永田勝治

発行所　株式会社オーバーラップ
〒141-0031　東京都品川区西五反田 8-1-5

校正・DTP　株式会社鷗来堂

印刷・製本　大日本印刷株式会社

Printed in Japan ISBN 978-4-86554-758-0 C0193